二月

EARLY SPRING

舊時代與新思想的衝突
理想在現實前垂死掙扎

柔石——著

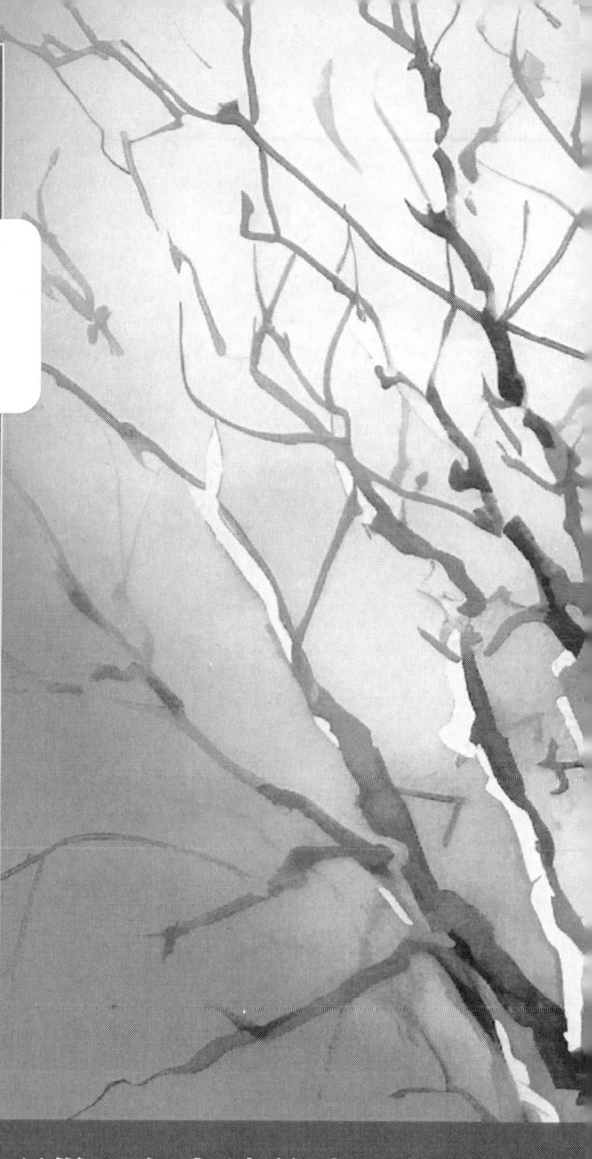

「我不想做皇帝，我只願做一個永遠的真正的平民。」

曾經的目光如矩，曾經的滿懷希望，
事業與愛情的兩難，不得不向現實妥協的無奈，
波譎雲詭的時代裡，內心的燭火在暴風中搖擺不定——

電影《早春二月》原著小說，
文革禁忌議題，而今轟動呈現！

目錄

目錄

一

農曆二月初，立春剛過不久，而天氣卻奇異地熱，幾乎熱的和初夏一樣。在芙蓉鎮的一所中學校的會客室內，坐著三位青年教師，安靜地各自看著自己手中的報紙。他們有時用手拭一拭額上的汗珠，有時眼睛向門外瞟一眼，好像等待什麼人似的，可是他們沒有說一句話。這樣過去半小時，其中臉色和衣著最漂亮的一位，名叫錢正興，放下報紙，站起，走向窗邊將向東的幾扇百頁窗一起打開。他稍稍有些惱怒的樣子，說道：

「天也忘記做天的職司了！為什麼將五月的天氣現在就送到人間來呢？今天我已經換過兩次衣服了：上午由羔皮換了一件灰鼠，下午由灰鼠換了這件青緞袍子，難道還要叫我一絲不掛嗎？陶慕侃，你想，今年又要有變卦的災異了——戰爭，饑荒，時疫，總有一件要發生。」

陶慕侃坐在書架的旁邊，一位年約三十歲，臉孔圓黑微胖的人；他就是這所中學的創辦人，現在的校長。他沒有向錢正興回話，只向他微笑地看一眼。而坐在他對面的一

一

位，身軀結實而稍矮的人，卻粗著喉嚨說道：

「嗨，災害是年年免不了的，在我們這個老大的國內！近三年來，有多少事：江浙大戰，甘肅地震，河南盜匪，山東水災，你們想？不過像我們這芙蓉鎮呢，還算是世外桃源，過的還算是太平日子。」

「要來的，要來的，」錢正興接著惱怒地說，「像這樣的天氣！」

前一位就站了起來，沒趣地向陶慕侃問：

「陶校長，你以為天時的不正，是社會不安的預兆嗎？」

這位校長先生，又向門外望了一望，於是放下報紙，運用他老是穩健的心，笑咪咪地答道：

「哪裡有這種話呢！天氣的變化是自然的現象，而人間災害，大半都是人類自己多事鬧出來的，譬如戰爭……」

他沒有說完，又抬頭看一看天色，卻轉了低沉的語氣說道：

「恐怕要響雷了，天氣有要下雷雨的樣子。」

這時掛在壁上的鐘，正噹噹噹地敲了三下。房內靜寂片刻，陶慕侃又說：

「已經三點了，蕭先生為什麼還不到呢？方謀，算算時間他應當到了。假如下雨，他是要淋溼的。」

就在他對面的那位方謀，應道：

「應當來了，輪船到港已經有兩小時了。從港口到這裡總共只有十餘里路。」

錢正興也向窗外望一望，餘怒未消地說：

「誰保證他今天一定會來？那為什麼現在還沒到呢？他又不是腿短。」

「會來的，」陶慕侃微笑地隨口答：「他從來不失信。前天的掛號信，的的確確是說今天會到這裡。而且囑咐我叫一位工友去接行李，我已叫阿榮去了。」

「那再等一下吧。」

錢正興有些不耐煩，回到他的位子上坐著。

這時，有一個十三四歲的小學生，氣喘地跑進會客室裡來，叫道：

「蕭先生來了，蕭先生來了，穿著學生裝的。」

一

於是他們就都站起來，露出異常快樂的表情，向門口望著。隨後一兩分鐘，就見一位青年從校外走進來。他中等身材，臉色方正，稍稍憔悴青白的，兩眼瑩瑩有光，一副慈惠的微笑，在他兩頰浮動著。看他的頭髮就可知道他是跑了很遠的路來的，既長，又有灰塵。身穿著一套厚的藏青色學生裝，姿勢挺直。足下一雙黑色長筒的皮鞋，跟著挑行李的阿榮，一步步往校門踏進。陶慕侃等人立刻迎上門口，校長伸出手，兩人緊緊地握著。陶校長說：

「辛苦，辛苦，老友，難得你到敝校來，我們的孩子真是幸福不淺。」

新到的青年謙和地答：

「我呼吸著美麗而自然的新清空氣了！鄉村真是可愛喲，我許久沒有見過這樣甜蜜的初春天氣哩！」

陶校長又介紹了他們，個個點頭微笑，又回到會客室內。陶慕侃一邊指揮挑行李的阿榮，一邊高聲說：

「我們足足有六年沒有見面，足足有六年了。老友，你卻蒼老了不少呢！」

新來的青年坐在書架前面的一把椅子上，同時環視了會客室——也就是這校的圖書併閱報室。一邊他回答那位忠誠的老友：

「是的，我恐怕和在師範學校時大不相同，你是還和當年一樣青春。」

方謀坐在旁邊插進說：

「此刻看來，蕭先生的年齡要比陶先生大了。蕭先生今年貴庚呢？」

「二十七歲。」

「照陰曆算的嗎？那和我同年。」他非常高興的樣子。

而陶慕侃謙遜地彎了背，快樂到全身發起抖來。

「勞苦的人容易老顏，可見我們沒有長進。錢先生，你認為對嗎？」

錢正興正呆坐著不知想什麼，經這一問，似受了嘲諷一般的答：

「對的，大概對的。」

這時天漸暗下來，雲密集，有下雨的趨勢。

他名叫蕭澗秋，是一位無父母，無家庭的人。六年前和陶慕侃一起在杭州省立第一

一

師範學校畢業。當時他們兩人的感情非常好，是在同一間自修室內讀書，也在同一張桌子上吃飯。可是畢業以後，因為志趣不同，就各人走上各人自己的道路。蕭澗秋在這六年之中，風萍浪跡，跑過中國大部分的疆土。他到過漢口，又到過廣州，近三年來都住在北京，因他喜歡看駱駝昂然顧盼的風姿，和冬天北方尖利的怒號風聲，所以在北京算住得最久。後來，感覺到生活上的厭倦，便答應陶慕侃的聘請，回到浙江來。浙江本是他的故鄉，可是在他的故鄉內，他卻沒有一棟房子，一片土地。從小就死了父母，孑然一身，跟著一位堂姐生活。後來堂姐又供給他讀書的費用，由小學而考入師範，不料在他師範學校將臨畢業的一年，堂姐也死去了。他想對堂姐報一點恩，而他堂姐卻沒有看見他的畢業證書就瞑目長睡了。因此，他在人間更加孤獨，他的思想、態度，也更傾向悲哀和淒涼了。知己的朋友也很少，因為陶慕侃還是和以前同樣地記著他，有時兩人也通通信。陶慕侃一半也佩服他對於學問的努力，所以趁著這學期學校改組和擴展，再三要求他到芙蓉鎮來幫忙。

當他將這座學校仔細地觀察了一下後，他覺得很滿意。他心想——願意在這校內住二三年，可能還願更久地做。醫生說他心臟衰弱，他自己有時也感到對於都市生活有種種厭棄，只有看到孩子，這是人類純潔而天真的花，可以使他微笑。況且這座學校的房子，雖然不大，卻是新造的，半西式的；布置，光線，都像一座學校。陶慕侃又將他的房間，安排在靠小花園的一邊，當時他打開窗，就望見梅花還在落瓣。他在房內走了兩圈，似乎他的過去，沒有一件事使他掛念的，他要在這裡，從此新生。因為一星期的舟車勞頓，他就往新床上躺下去睡。因為他是常將他自己的快樂反映到人類的不幸上，所以，這時，三小時前在船上所見的一幕，一件悲慘的故事後影，在他腦內浮現了：

小輪船從上海市到芙蓉鎮，需要三個鐘頭，全在平靜的河內行駛。他坐在統艙的欄杆邊，眺望兩岸的枯草。他對面，卻有一位青年婦人，身穿著青布袷衣，滿臉愁戚。她很有大方的溫良態度，可是從她的兩眼內，可以看出極烈的悲哀，如驟雨在夏午一般地落過了。她的膝前倚著一位約七歲的女孩，眼秀頰紅，小口子如櫻桃，非常可愛。手裡捻著兩顆橘子，正在玩弄，彷彿橘子的紅色可以使她心醉。在婦人的懷內，抱著一個約兩週的小孩，吸著乳。還有一位老人，向坐在她旁邊的一位老婦問：

「李先生到底怎麼哩？」

一

那位老婦悽慘地答：

「真的打死了！」

「真的打死了嗎？」

老人驚駭地重複問。老婦繼續答，她剛開始是無聊，之後卻起勁地說下去：

「可憐真的打死了！什麼惠州一役打死的，打死在惠州的北門外。聽說惠州的城門，真似銅牆鐵壁一樣堅固。裡面又排著陣圖，李先生這邊的兵，打了半個月，一點也打不進去。之後李先生憤怒起來，可憐的孩子，真不懂事，他自討苦吃，要一個人去衝鋒。說他那時，一手拿著手提機關槍，腰裡佩著一把鋼刀，藏著一顆炸彈；背上又背著一支短槍，真像古代的猛將，說起來嚇死人！就趁半夜漆黑的時候，他去偷襲。誰知城牆還沒有爬上去，那邊就是一炮，接著就是雨點似的排槍。李先生立刻就從半城牆上跌下來，打死了！」老婦人擦一擦眼淚，繼續說：「從李先生這次偷襲以後，惠州果然打進去了。城內的敵兵，見這邊有這樣忠勇的人，膽也嚇壞了，他們自己逃散了。不過李先生終究打死了！李先生的身體，他的朋友看見，打的和蜂窠一樣，千穿百孔，血肉模糊，哪裡還有鼻頭眼睛，說起來怕死人！」她又緩緩順了口氣，說：「我們這次到上海去，也白跑了一趟。李先生的行李衣服都沒有了，撫恤金一時也領不到。他們說上海還是一個姓孫的管的，他和守惠州的人一起的，都是李先生這邊的敵人。所以我們也沒處去多說，跑了兩三處都不像衙門的地方，這地方是祕密的。他們告訴我，撫恤金是有的，可不知道什麼時候一定有。我們白住在上海也花錢，只得回家。」稍停一會兒，又說：「以後，可憐她們母子二人，不知怎樣過活！家裡一塊田地也沒有，屋後一方種菜的園地也在前年賣掉給李先生做盤費到廣東去。兩年來。他也沒有寄回家半毛錢。現在竟連性命都送掉了！李先生本是個有志的人，人又非常好；可是總不得志，東跑西奔了幾年。於是當兵去，是騙了他的妻去的，對她是說到廣東考武官。誰知剛剛有些升上去，竟給一炮打死了！」

兩旁的人都聽得搖頭嘆息，嘈雜地說——像李先生這樣的青年死得如此慘，實在冤枉，實在可惜。但亦無可奈何！

這時，那位青年寡婦，止不住流出淚來。她不願她的悲傷讓船內的眾人看見，幾次轉過頭，提起她青夾衫底衣襟將淚拭了。老婦人說到末段的時候，她更低頭看著小孩的臉，似乎小孩白嫩且包含未來之隱光的臉，可以安慰一些她內心酸痛和絕望。女孩仍是

一

痴痴地，微笑地，一味玩著橘子的圓和紅色。一時她仰頭向她的母親問：

「媽媽，要到家了嗎？」

「快到了。」

婦人輕輕而冷淡地答。女孩又問：

「到了家就可以吃橘子了嗎？」

「現在吃好了。」

女孩聽到，簡直跳起來。隨即剝了橘子皮，將紅色的橘皮放在手心上拋了數下，藏在她母親的懷內。又將橘子分一半給她弟弟和母親，她自己吃起來，又抬頭向她母親問：

「要到家了嗎？」

「是呀，要到了。」

婦人開始有些不耐煩。女孩又叫：

「家裡真好呀！家裡還有娃娃呢！」

這樣，蕭澗秋就離開欄杆，向船頭默默地走去。

船到港，他先望見婦人，一手抱著小孩，一手牽著少女。那位敘述故事的老婦人是提著衣包走在前面。她們慢慢地一步步地向一條小徑走去。

這樣想了一回，他從床上起來。似乎精神有些不安定，好像遺落了東西在船上一樣。站在窗前向窗外望了一望，天已經刮起風，小雨點也在乾燥的空氣中落下幾滴。於是他又打開箱子，將幾部他所喜歡的舊書都拿出來，整齊地放在書架之上。又抽出一本古詩來，讀了幾首，像要排遣方才的回憶似的。

一

二

從北方送來的風，一陣比一陣猛烈，日間的熱氣，到傍晚全有些寒意了。

陶慕侃領著蕭澗秋、方謀、錢正興三人到他家裡吃晚飯。他的家離校約一里路，是舊式大家庭的房子。朱色的柱子已被久遠的日光晒得變黑。陶慕侃安排他們坐在一間書房內。房內的櫥、桌、椅子、天花板，耀著燈光，全交映出淡紅的顏色。這個感覺使蕭澗秋覺得有些陌生的樣子，好似發現他渺茫的、少年的心所閱歷的。他們都靜靜地沒有多講話，好像有一種嚴肅的力籠罩全屋內，各人都不敢高聲似的。坐了一會兒，就聽見窗外有女子的聲音，在蕭澗秋的耳裡似曾聽過一回。這時陶慕侃走進房內說；

「蕭呀，我的妹妹想見你一面呢！」

這句話的末音時，就出現一位二十三四歲模樣的女子在門口，嬉笑地活潑地說：

「哥哥，你不要說，我可以猜得著那位是蕭先生。」

二

於是陶慕侃說：

「那讓妳自我介紹吧。」

可是她又痴痴地，兩眼凝視著蕭澗秋的臉，慢慢地說：

「要自我介紹什麼呢？還不是已經知道了？往後我們認識就是了。」

陶慕侃笑向他的新朋友道：

「蕭，你走遍中國南北，怕不曾見過有像我妹妹的脾氣的。」

她卻似厭倦了，倚在房門的旁邊。低下頭將她自然的快樂換成一種凝思的愁態。忽然，又轉為微笑的臉問：

「我好似曾經見過蕭先生？」

蕭澗秋答：

「我記不得了。」

她又淡淡地問：

「三年前，你有沒有一個暑假住過杭州的葛嶺呢？」

蕭澗秋想了一想答：

「曾經住過一個月。」

「是了，那時我和姐姐們就住在葛嶺的旁邊。我們一到傍晚，就看見你在湖岸上徘徊，徘徊了一小時，才不見你，天大如是。那時你還蓄著長髮拖到頸後，是嗎？」

蕭澗秋微笑了一笑，「大概是我了。八月以後我就到北京。」

她接著嘆息地向她哥哥說：

「哥哥，可惜我那時不知道就是蕭先生，假如知道，我一定會冒昧地叫他起來。」又轉臉向蕭澗秋說：「蕭先生，我是很冒昧的，簡直粗糙和野蠻，往後你要原諒我。我們以前錯失了相聚的機會，以後我們可以盡量談天了。你學問淵博，哥哥常常談起你，我以後什麼都要請教你，你能毫不客氣地教我嗎？我是一個無學識的女子，本來，『女子』這個可憐的名詞，和『學識』二字是連接不來的。你查，有關學識的人的名冊上，能有幾個女子的名字？可是我，就想要有學識。我說過我是野蠻的，別人認為女子做不好的事，我偏要去做。結果，我被別人笑，自己的學問還是不夠。像我這樣的女子是可憐的，蕭先生，哥哥常說我古怪，倒不如說我可憐貼切些，因為我沒有學問而任意胡鬧，我現在只有一位老母——她現在在廚房裡——和這位哥哥，他們非常愛我，由我任意胡鬧。我高中畢業了，我是學理科的；我到大學讀兩年，又轉學法科了。現在母親和哥哥說我有病，叫我在家裡。但我又不想學法科想轉學文學了。我本來喜歡藝術的，因為人家說女子不能當數學家，我偏要去學理科。可是實在感不到興味。之後想，窮人打官司總是輸，我還是將來做一個律師，代窮人做狀紙，辯訴。可是現在又知道不可能了。蕭先生，哥哥說你對音樂有研究，我此後還是跟你學音樂吧。不過你還要教我一點做人的知識，我知道你同時又是一位哲學家呢！你可能認為我太會講話了，我可以詳細地介紹自己，你以後可以盡力來教導我，糾正我。蕭先生，你能立刻答應我這個請求嗎？」

她這樣滔滔地婉轉地說下去，簡直房內是她一人占領著一樣。她一時看著地，一時又瞧一瞧蕭，一時似悲哀的，一時又快樂起來，她的態度非常自然而柔媚，同時又施展幾分嬌養的女孩習氣，簡直使房內的幾個人看呆了。蕭澗秋是微笑地聽她說話，同時極注意地看著她。她真是一個非常美的人——臉色柔嫩，肥滿，潔白；兩眼大，有光彩，眉黑，鼻方正，唇紅，嘴巴小，黑髮長到耳根，一見就可知道她是有勇氣而又非常美麗的。這時，他向慕侃說道：

二

「陶，我從來沒有如此窘迫過，像你妹妹今夜這樣愚弄我。」又為難地低頭向她說：

「我簡直倒楣極了，我不知道怎麼回答妳。」

她隨即笑一笑說：

「就這樣回答吧。我還要你怎樣回答呢？蕭先生，你有帶你的樂譜來嗎？」

「帶了幾本來。」

「可以借我看一看嗎？」

「可以的。」

「我家裡也有一架舊的鋼琴呢，我是彈不成調的，給貝多芬還是一樣能夠彈出月光曲來。請蕭先生明天來彈一曲吧？」

「我的手指生疏了，我好久沒有練習。」

「何必客氣呢？」

她低聲說了一句。這時方謀才惘惘然說：

「蕭先生會彈很好的曲嗎？」

二

「他會的，」陶慕侃說：「他在校時就很好，何況之後又努力。」

「那我也要跟蕭先生學習學習呢！」

「你們何必這樣窘我！」他有些慚愧地說：「事實不能掩飾的，以後我彈，你們評論就是了。」

「好的。」

這樣，大家安靜了一會兒。倚在門邊的陶嵐——慕侃的妹妹，卻一時快樂不起來，她沒有看向任何人，只是低頭深思，微微皺一皺她的兩眉。錢正興一聲也不響，抖著腿，抬著頭向天花板望，好似思索文章似的。每次陶嵐開口的時候，他就立刻注意看她，等她說完，他又去望著天花板的花紋了。一時，陶嵐又冷淡地說：

「哥哥，聽說文嫂回來了，可憐得很呢！」

「她回來了？李……？」

她沒有等她哥哥說完，又轉臉向蕭問：

「蕭先生，你在船內有沒有看見一位二十六七歲的婦人，帶著一個少女和孩子的？」蕭澗秋立刻垂下頭，非常不願提起似的答：

「有的，我知道她們的底細了。」

女的接著說，傷心地，

「是呀，哥哥，李先生真的打死了。」

校長皺一皺眉，好像表示一下悲哀以後說：

「死總死一個真的，死不會死一個假呢！雖然假死的也有，在他可是有誰說過？蕭，你也記得我們在師範學校的第一年，有一個時常和我一塊的姓李的同學嗎？打死的就是此人。」

蕭想了一想，說：

「是，他讀了一年就休學了，人是很慷慨激昂的。」

「現在，」校長說：「你船上所見的，就是他的寡妻和孤兒啊！」

各人的心一時都被這事牽引去，而且寒風隱約地在他們的心底四周吹動。可是，校長卻首先談起別的來，談起時局的混沌，不知怎樣開展；青年死了很多，都是些愛國

二

有志之士，而且家境貧寒的一批，家境稍富裕，就不願做冒險的事業，雖則有志，也從別的方面去發展了。因此，他創辦這所中學是有理由的，所謂培植人材。他願此後忠心於教育事業，對未來的青年謀一種切實的福利。同時，陶慕侃更提高聲音，似要將他對於這座學校的計畫，方針，都宣布出來，並議論些此後的改善，擴充等事。可是傭人傳話，晚餐已經準備好了。他們不得不停止說話，向廳堂走去。方謀喃喃地說：

「我們正談得有趣，卻要吃飯了！有時候，比起吃飯，我對談話更有興趣。」

陶慕侃說：「吃了飯盡興地談吧，現在的夜是長長的。」

陶嵐沒有一起吃。可是當他們吃了一半以後，她又站出來，倚在壁邊，笑嘻嘻地說：

「我是痴的，不知禮的，我喜歡看別人吃飯。也要聽聽你們高談些什麼，見識見識。」

他們正在談論著「主義」，好似這時的青年沒有主義，就根本失掉青年的意義了。方謀的話最多，他喜歡每一個人都有一種主義，他說：「主義是確定他個人的生命，和指示著社會的前途的機運，」於是他說他自己是信仰三民主義，因為三民主義就是救國主義。「想救國的青年，當然信仰救國主義，那當然信仰三民主義了。」一邊又轉問：

「可不知道你們信仰什麼？」

於是錢正興興致勃勃，同時做著一種姿勢，好叫旁人聽得滿意一般，開口說道：

「我卻贊成資本主義！因為非商戰，不能打倒外國。中國已經是歐美日本的商場了，中國人的財源的血，已經要被他們一口一口地吸乾了。別的任憑什麼主義，還是不能救國的。空口喊主義，和窮人空口喊吃素會成佛一樣的！所以我不信仰三民主義，我只信仰資本主義。唯有資本主義可以壓倒軍閥，國內的交通，產業，教育，都可以發達起來。所以我認為要救國，還是首先要提倡資本主義，提倡商戰！」

他起勁地說到這裡，瞬間看向坐在他對面的這位新客，似要引起他的贊同或駁論。可是蕭澗秋低著頭不做聲響，陶慕侃也沒有說，於是方謀又說，提倡資本主義是三民主義裡的一部分，民生主義上是說借外債來興本國的產業。陶嵐在旁邊幾次向她哥哥和蕭澗秋注目，而蕭澗秋卻向慕侃說，他要吃飯了，有話吃了飯再談。方謀帶著酒興，幾乎手足亂舞地阻止著，一邊強迫地問他，

「蕭先生，你呢？你是什麼主義者？我想，你一定有一個主義的。主義是意志力的

二

外顯，像你這樣意志強固的人，一定有高妙的主義。」

蕭澗秋微笑地答：

「我沒有。主義到了高妙，又有什麼用處呢？所以我沒有。」

「你會沒有？」方謀起勁地說：「你沒有看過任何一本主義的書嗎？」

「看是看過一點。」

「那你在那書裡找不出一點信仰嗎？」

「信仰是有的，可是不能說出來，所以我還是個沒有主義的人。」

在方謀帶著酒意的心裡一時疑惑起來，心想他一定是個共產主義者。但轉想，共產主義有什麼關係呢？在黨的政策之下，豈不是聯共聯俄的嗎？雖然共產主義就是……於是他沒有推究了，轉過頭來向壁邊呆站著的陶嵐問：

「Miss 陶，你呢？請你告訴我們，你是什麼主義者呀？我們通通說過了，你的哥哥是人才教育主義，錢先生是資本主義……你呢？」

陶嵐卻冷冷地嚴峻地幾乎含淚地答：

「我嗎？你問我嗎？我是自私自利的個人主義者！社會以我為中心，於我有利的拿了來，於我無利的推了去！」

蕭澗秋隨即向她奇異地望了一眼。方謀紅著臉，似更羞澀。於是各人沒有話。陶慕侃就叫傭人端出飯來。

吃了飯以後，他們就從校長的家裡走出來。風一陣一陣地刮大了。天氣驟然寒冷，還飄著細細的雨花在空中。

二

三

蕭澗秋次日一早就醒來。他望見窗外有白光，他就坐起。可是窗外的白光是有些閃動的。他奇怪，隨即將面向花園一邊的窗簾打開，只見窗外飛著極大的雪。地上已一片白色，草、花、樹枝上，都積著約有小半寸厚。正是一天的大雪，在空中密集地飛舞。

他穿好衣服，開門。阿榮為他倒水洗臉，他們迎面說了幾句關於天氣奇變的話，阿榮結尾說：

「昨天有許多窮人以為天氣從此會和暖了，將棉衣都送到當鋪裡去。誰知今天又突然冷起來，恐怕有的要凍死了。」

他無心地洗好臉，在沿廊下走來走去的，走了許多圈。他又回想昨天船中所見。他想寡婦與少女三人，可能要凍死了，如阿榮所說。他心裡非常地不安，仍在廊下走著。最後，他決計到她們那裡去看一看，正趁今天是星期日。於是就走向阿榮的房裡，阿榮立刻站起來問：

三

「蕭先生，你要什麼？」

「我不要什麼，」他答，「我問你，你可知道一個丈夫姓李的，在廣東被打死的那位，他的遺孀的家在哪裡？」

阿榮凝想了一會兒，立刻答：

「就是昨天從上海回來的嗎？」

「是呀。」

「她和你同船到芙蓉鎮的。」

「是呀。你知道她的家嗎？」

「我知道。她家在西村，離此地只有二里。」

「怎麼走呢？」

「蕭先生要到她家裡去嗎？」

「是，我想去，因為她丈夫是我同學。」

阿榮做起手勢來，「從校門出去向西轉，一直去，過了橋，就沿河濱走，走去，望見幾株大柏樹，就是西村。你再進去一問，便知道了，她家在西村門口，離此地只有三里。」

於是他又回到房內。輕輕地皺皺眉，站在窗前，對小花園呆看著下雪的景象。

九點鐘，雪還一樣大。他按著阿榮所告訴他的路徑，一直往西村走去。他外表還是和昨天一樣，不過加上一件米色的舊的大衣在身外，一雙黑皮鞋，頭上一頂學生帽，在大雪之下，一片白色的河邊，一片白光的野中，走得非常快。他有時低著頭，有時向前面望一望，他全身似乎有一種熱力，有一種勇氣，似一隻有大翼的猛禽。他想著，她們會不會認得他就是昨天船上的客人。但認得又有什麼呢？他自己解釋了。他只願一切都隨著自然，他對她們也沒有預定的計畫，任時光老人來指揮他，摸摸他的頭，微笑地叫他一聲小娃娃，而且說「你這樣玩吧，很好的呢！」但無可諱免，他已愛著那位女孩，同情那位婦人不幸的命運了。因此，他非努力向前走不可。雪上的腳印，一步一步地留在他的身後，整齊的，蜿蜒的，又有力的，繩索一般地穿在他的足跟上，從校門起，現在是一腳一腳地踏近她們門前了。

三

他一時站立在她的門外，約五分鐘，他聽不出裡面有什麼聲音。他就用手輕輕地敲了幾下門，一會兒，門就開了。出現那位婦人，她兩眼紅腫，淚珠還在眼簾上，滿臉愁容，又蓬亂著頭髮。她以為敲門的是昨天的老婦人，可是一見是一位陌生的青年，她隨手想將門關上。蕭澗秋卻隨手將門推住，愁著眉，溫和地說：

「請原諒我，這裡是不是李先生的家呢？」

婦人一時氣咽地答不出話。許久，才問道：

「你是誰？」

蕭澗秋隨手將帽脫下來，抖了一抖雪慢慢地淒涼地說道：

「我姓蕭，我是李先生的朋友。我本不知道李先生死了，我只記掛著他已有多年沒有寄信給我。現在我是芙蓉鎮中學裡的教師，我也還是昨天到的。我一到就向陶慕侃先生問起李先生的情形，誰知李先生不幸過世了！我又知道關於妳們家中的狀況。我因為切念故友，所以不辭冒昧的，特地來訪一訪。李先生還有子女，可否使我認識他們？我一見他們，或許和見李先生一樣，妳能允許嗎？」

年輕的寡婦，她一時手足無措。她含淚的兩眼，仔細地向他看了一看；到此，她已不能拒絕這一位非親非故的男子的拜訪了，隨口說：

「請進來吧，可是我的家是不像一個家的。」

她衣單，全身因寒冷而顫抖，她的語氣是非常辛酸的，每個聲音都從震顫的身心中發出來。他低著頭跟她進去，又為她掩好門。屋內是灰暗的，四壁滿是塵灰。又向一門彎進，就是她的內室。在地窖似的房內，兩個孩子在一張半新半舊的大床上坐擁著七穿八洞的棉被，似乎冷的不能起來。女孩子這時手裡捻著一塊餅乾，在餵著她的弟弟，小孩正哭著嚼著。這時婦人就向女孩說：

「採蓮，有一位叔叔來看妳！」

女孩揚著眉望向來客，小眼睜得大大的。蕭澗秋走到她的床前，一時，她微笑著。蕭澗秋隨即坐下床邊，湊近頭向女孩問：

「小妹妹，妳認得我嗎？」

女孩拿著餅乾，搖了搖頭。他又說：

三

「小妹妹，我早已認識妳了。」

「那裡呢？」

女孩感到奇怪，問了一句。他說：

「妳喜歡橘子，是不是？」

女孩笑了。他繼續說：

「可惜我今天忘記帶來了。明天我給妳兩顆很大的橘子。」

他握起女孩紅腫的小手，小手是冰冷的，放在他自己的唇上吻了一吻，就回到窗邊一把椅上坐著。紙窗外面，雪正下得起勁。於是他又看一遍房內，房內是破舊的，各種零星的器物上，都反映著一種說不出的悽慘黝色。婦人這時候在床邊，為女孩穿衣服，她一句話也沒有說，好像心已被凍成一塊冰。小孩呆呆地看著來客，又咬了一口餅乾——這當然是從上海帶來的——又向他的母親哭著叫冷。女孩也奇怪地看了看蕭澗秋的臉，深思的女孩，她也演著這一幕的悲哀，叫不出話似的，全身發抖著，時時將手放在口邊呵氣。這樣，房內沉寂片時，只聽窗外嘶嘶地下雪聲。有時一兩片大雪也飛來敲她的破紙窗。之後，蕭澗秋說了：

「妳們之後怎麼打算？」

婦人奇怪地看他一眼，慢慢地答：

「先生，我們還能怎樣打算？我們想不到啊！」

「財產？」

「這已經不能說了，都給死者賣光了！」

她的眼圈裡又湧起淚。他隨口問：

「親戚呢？」

「窮人會有親戚嗎？」

她又假做地笑了一笑。他一時靜默，實在想不出妥當的話。於是婦人接著問道：

「先生，人總能活過去的吧？」

「自然，」他答，「否則，天真是沒有眼睛。」

「你還相信天嗎？」婦人稍稍起勁，「我是早已不相信天了！先生，天的眼睛在那裡呢？」

三

「不過我相信好人終究不會受委屈的。」

「先生，你是照戲臺上的看法，戲臺上一定是好人團圓的。現在我的丈夫卻是被槍炮打死了！先生，叫我怎樣養大我的孩子呢？」

婦人竟如瘋一般說出來，淚從她的眼中飛湧出來。他一時呆著。女孩又在她旁邊叫冷，她又向壁旁取出一件破舊而大的棉衣給她穿上。穿得女孩只有一雙眼是伶俐的，全身竟像一個桶子。婦人又說：

「先生，我本不願將窮酸的情形訴說給人家聽，可是為了這兩個造孽的孩子，我不能不說出這句話來了！」一邊氣咽地幾乎說不成聲，「在我的家裡，只有一升米了。」

蕭澗秋到此，就立刻站起來，強裝著溫和，好像不使人受驚一般，說：

「我到這裡來為什麼呢？我告訴妳吧——我今後願意負責妳的兩個孩子。採蓮，妳能捨得她離開嗎？我會帶她到學校讀書。我每月有三十元的收入，我沒有用處，我可以供給妳們一半。妳覺得怎麼樣呢？我到這裡來，是計算好來的。」

婦人卻伸直兩手，幾乎呆了似的睜眼看他，說道：

「先生，你是……？」

「我是青年，我是一個無家無室的青年。這裡——」他語聲顫抖地往口袋內取出一張五元的鈔票，「妳……」他苦笑起來，手微顫地將錢放在桌上，「現在妳可以買米。」

婦人身向床傾，幾乎昏過去，說：

「先生，你究竟是……你是菩薩嗎？」

「不要說了，也不用介意。」他轉向採蓮，「採蓮，妳以後有一位叔叔了，妳願意叫我叔叔嗎？」

女孩子也在旁邊聽呆著，這時卻點了點頭。蕭澗秋走到她身邊，輕輕地將她抱起來。在她左右兩頰上吻了兩吻，又放在地上，一邊說：

「現在我要回學校去了。明天我來帶妳去讀書。妳願意讀書嗎？」

「願意。」

女孩終於嬌憨地說出話來。他隨即又握起她冰冷的手吻了一吻，又放在他自己的頸邊，回頭向婦人說：「我要回學校了。希望妳以後不要為過去的事情悲傷。」說罷，便向門外走出，他的心非常愉快。女孩卻在後面跟出來，她似乎不願意這位多情的來客急速回去，眼睛不移地看著他的後影。蕭澗秋又回轉頭，用手向她揮了兩揮，沒有說話，竟一徑踏雪走遠了。婦人非常痴呆地想著，看著桌上的錢，竟又流出眼淚。她對於這件天降的福利，不知所措。但她能拒絕一位陌生的青年所賜嗎？天知道，為了孩子的緣故，她正心誠意地接受了。

三

四

蕭澗秋在雪上走，有如一隻鶴在雲中飛一樣。他貪戀這時田野中的雪景，白色的絨花，裝點了世界如帶素的美女，他顧盼著，他跳躍著，他的內心竟有一種說不出的微妙的愉悅。這時他想到了宋人黃庭堅有一首詠雪的詩。他輕輕唸，後四句是這樣的：

貧巷有人衣不纊，
北窗驚我眼飛花。
高樓處處催沽酒，
誰念寒生泣白華！

很快地，他就回到校內。

他推開房門，在他自己的房內自由舒展一下，他似乎為這冰冷的空氣所凝結了。不料陶嵐卻站在他的書架前面，好像檢查員一樣的在翻閱他的書。她聽到聲音立刻將書蓋攏，微笑相迎。蕭澗秋一時似乎不敢走進去。陶嵐說：

四

「蕭先生，恕我冒昧。我在你的房內，已經翻了一個多小時的書了。幾乎你所有的書，我都翻完了。」

他一邊坐在床上，一邊回答：

「好的，可惜我沒有法律的書，妳或許不喜歡它們呢？」

她怔了一怔，似乎聽得不願意，慢慢地答道：

「喜歡的，我以後還想讀它幾本。雖然，我恐怕不會懂它。」

這時蕭澗秋卻自顧自地說：

「我到過姓李的婦人家裡去了。」

「我已經知道了。」

陶嵐回答得奇怪。過了一會兒，又說：

「阿榮告訴我的。她們現在怎樣呢？」

蕭澗秋也慢慢地答，同時磨擦他的兩手，低著頭，

「可憐得很，孩子叫冷，米也沒有。」

陶嵐一時靜默著，她似乎說不出話。於是蕭又說道：

「孩子是可愛的，所以我想救濟他們。」

她卻沒有等他說完，又說：

「我已經知道了。」

蕭澗秋卻稍稍奇怪地笑著問她，

「事情我還沒有做，妳怎樣就知道呢？」

她也強笑的好像小孩一般，說：

「我知道的。否則你為什麼到她們那裡去？我們又為什麼不去呢？天豈不是下大雪？哥哥他們都圍在火爐旁邊喝酒，你為什麼獨自冒雪出去呢？」

這時他睜大兩眼，直直盯著她。可是他卻看不出別的，只從她臉上看出更美來了：柔白的臉孔，這時兩頰起了紅色，潤膩的，光潔的。她低頭，只動著兩眼，她的睫毛很長，同時在她深黑的眼珠四周襯得非常之美。蕭仔細地覺察出——他的心胸也起伏起來。於是他站起，在房內走了一圈。陶嵐說：

四

「我不知道自己怎麼了，總將自己關在狹小的籠裡。我不知道籠外還有怎樣的世界，我恐怕這一世是飛不出去了。」

「你為什麼說這話呢？」

「是呀，我不必說。又為什麼要說呢？」

「你不坐嗎？」

「好的，」她笑了一笑，「我還沒有講為什麼到你這裡來。我是來請你彈琴的。我今天一早就將琴的位置搬移好，叫兩個傭人收拾。又在琴的旁邊安置好火爐。我只完全想到自己。於是我來叫你，和跑一樣快地走來。可是你不在，阿榮說，你到西村去，我就知道你的意思了。現在，已經過了上半天，你願意吃過午飯後就到我家裡來嗎？」

「願意的，我一定來。」

「呵！」她簡直叫起來，「我真快樂，我什麼要求都能得到滿足。」

她又仔細地向蕭澗秋看了一眼，然後說，她要走了，卻又在房內站著不動，又似不願走的樣子。

白光晃耀的下午，雪已停了！地上滿是極大的繡球花。

蕭澗秋腋下挾著幾本泰西名家的歌曲集，走到陶嵐家裡。陶嵐早已在門口迎著他。他們走進了一間廂房，果然整潔，幽雅，所謂窗明几淨。壁上掛著幾幅半新半舊的書畫，桌上放著兩三樣古董。蕭澗秋對於這些，是從來不留意的，於是逕直坐在琴邊。他謙遜了幾句，一邊又將兩手放在火爐上溫暖了一下。他翻開一首進行曲，彈了起來，他彈的是平常的，雖然陶嵐說了一句「很好」，他也能聽得出這是普通照例的稱讚。於是他又彈了一首跳舞曲，這艱難一些，他的手指並不流暢。他彈到中段，戛然停止，向她笑了一笑。然後，他繼續彈起歌來。他彈了數首浪漫主義的歌，使陶嵐聽得沉醉。她靠在鋼琴邊，用她全部的注意力放在音鍵的每個發音上，她聽出變音記號的半音來。她兩眼沉沉地看著壁上的一點，似乎不肯將半絲的音波忽略過去。這時，蕭澗秋說：

「就是這樣了。音樂對於我，好似放出籠的小鳥對於舊主人一樣，不再認得了。」

「請再彈一曲。」她說。

「我不會作曲，可是我曾作過一首歌，現在我彈一彈。妳不能笑我，妳必得先答應我。」

四

「好！」陶嵐叫起來。

同時他在一本舊的每頁脫開的音樂書上，拿出了兩張圖畫紙。在上面，抄著蕭澗秋自填的一首詩歌，題著「青春不再來」五字。他展開在琴面上，向陶嵐看了一看，似乎先要了解她的同感程度深淺如何。而她這時是皺著兩眉向他微笑著。他於是坐正身子，擺出一種姿勢，默默地想了一會兒，把十指放在鍵上，彈著。一邊輕輕地這樣唱下去：

荒煙，白霧，
迷漫的早晨。
你投向何處去？
無路中的人呀！

洪濛轉在你的腳底，
無邊引在你的前身，
但你終年只伴著一個孤影，
你應慢慢行呀慢慢行。
記得明媚燦爛的秋與春，

月色長繞著海浪在前行。
但白髮卻叢生到你的頭頂，
落霞要映入你心坎之沁深。

只留古墓邊的暮景，
只留白衣上的淚痕，
永遠剪不斷的愁悶！
一去不回來的青春。

青春呀青春，
你是過頭雲；
你是離枝花，
任風埋泥塵。

琴聲舒卷，一絲絲在室內飛舞，又沖蕩而漏出到窗外，蜷伏在雪凜冽的懷抱裡；一時又回到陶嵐的心坎內，於是她的心顫動了，這是冷酷的顫動，又是悲哀的顫動，她

四

也愁悶了。她耳聽出一個個字美的妙音，又想盡了一個個字所含有的真的意義。她想不到蕭澗秋是這樣一個人，她為他的心之深處感到惆悵而渺茫。當他的琴聲悠長地停止以後，她沒精打采地問他：

「什麼時候完成這首歌的呢？」

「三年了。」他答。

「你為什麼作這首歌的呢？」

「為了我在一個秋天的時分。」

她一看不看地繼續說：

「不，春天還未到，現在還是二月呀！」

他將兩手按在鍵盤上，呆呆地答：

「我自己始終了解，我是喜歡長陰的秋雲裡，飄落的黃葉的一個人。」

「你不要彈這種歌曲吧！」

她還是毫無心思地說出。蕭澗秋卻振一振精神，說：

「哈，我卻無意地在妳面前展現我的弱點了。不過這個弱點，我已經用我意志力克服了，所以我近來沒有一點詩歌裡的思想與成分。感動妳了嗎？這是我的錯誤，假如我想一想，對妳應該彈些什麼曲能夠讓妳快樂，那我斷不會選這一首。現在……」

他看陶嵐還是沒有心思聽他的話，於是他將話收止住。一邊，他的心也飄浮起來，似乎被她的情意所迷醉。一邊，他翻起一首極艱深的歌曲，他兩眼專注地看樂譜。

陶嵐卻想到極荒渺的人生上去。她估量她自己所有的青春，這青春又不知是怎樣的一種面具。一邊，她又極力想蕭澗秋的過去到底是如何的創傷，對於她，又是怎樣的想法。但這不是冥想所能構成的——眼前，她可以觸一觸他的手，她可以按一按他的心嗎？她不能沉到極深的淵底去觀測她自身，於是她只有將她自己看作極飄渺的幻化——她有如一隻蜉蝣，在大海上行走。

許久，他們沒有交談一句話。窗外也寂靜如冰凍，只有雪水一滴滴地從簷上落到地面，似和尚在夜半敲磬一般。

蕭澗秋站起，恍恍忽忽地讓琴給她：

「請妳彈一曲吧。」

四

她睜大眼痴痴地說：

「我？我？」

十分羞卻地推辭著。

蕭澗秋又坐回琴凳上，十分無聊似的，擦擦兩手，似怕冷一樣。

五

當晚七點鐘，蕭澗秋坐在他自己房內的燈下，這樣想：

——我已經完全為環境所支配！一個上午，一個下午，我接觸了兩種不同的女性的感情飛沫，我幾乎麻痺了！幸福嗎？苦痛呢？這還是一個開始。不過我應該當心，應該避開女子不理智的目光。

他想到最後一字的時候，有人敲門。他開門，是陶慕侃。這位中庸的校長先生，笑咪咪地從衣袋內取出一封信，遞給他。一邊說：「這是我妹妹寫給你的，她說要向你借什麼書。她晚上發了一晚上的呆，也沒有吃晚餐，此刻已經睡了。我妹妹有些古怪，實在是因為她太聰明了。她不當我是回事，她可以指揮我，利用我。她也不信任母親，有意見就獨斷獨行。我和母親都叫她皇后，別人們也都叫她『Queen』。我有這樣的一位妹妹，真使我覺得無可奈何。你還沒來以前，她又說要學音樂，現在你來，正合她的胃口。她可以說是『一學便會』的人，現在要向你借音樂書了。」陶慕侃說到這裡為止，沒

五

有等蕭說：

「你哪裡能猜得到，音樂書我已經借給她了。」

就笑著走出去了。

蕭澗秋不拆信，他還似永遠不願去拆它的樣子，將這個藍信封宛如愛神翅膀般的信放進抽屜內。他在房內走了幾圈。他本來想要預備一下明天的教課，可是這時他不知怎麼的，將教案翻在桌前，卻看不進去。他似覺得倦怠，他無心預備了。他想起了陶嵐，實在是一位希有的可愛的人。於是不由得又將抽屜打開，將這封信捧在手內。他想，

「我應該看看她到底說些什麼話。」

然後就拆了，抽出兩張藍色的信紙來。他細細地讀下：

蕭先生：

這是我給你的第一封信，你可在你日記上記下。

我和你認識不到二十四小時，談話不到四小時。而你的人格，態度，動作，思想，卻使我一世也不能忘記了。我生命的心碑上，已經深深地刻上你的名字和影

子，終我一身，恐怕不能泯滅了。唉，你的五色光輝，天使送你到我這裡來的嗎？

我從來沒有像今天下午這樣苦痛過，從來沒有！雖然吐血，要死，我也不曾感覺像今天下午這樣使我難受。蕭先生，那時我沒有哭嗎？我為什麼沒有哭的聲音呢？蕭先生，你也知道我那時的眼淚，向心之深處流吧？唉，我為什麼如此苦痛呢？因為你提醒我真的人生來了。你傷悼你的青春，可知你始終還有青春的。我想，我呢？我卻簡直沒有青春，簡直沒有青春！這是怎樣的說法？蕭先生！

我自從知道人間有醜惡和痛苦之後——七八年以前了，我的知識開竅得很早——我就將我自己所有的快樂，放在人生假的一面。我簡直好像玩弄貓兒一樣的玩弄起社會和人類來，我什麼都看得不真實，我只用許許多多的各種不同的顏色，塗上我自己的幸福。我竟似在霧中一樣的舞起我自己的身體來。唉，我只有在霧中，我那裡有青春！我只有晨曦以前的妖現，我只有紅日正中的怪熱，我是沒有青春的。我一覺到人性似魔鬼，便很快的將我的青春放走了，自殺一樣的放走了！幾年來，我全是在霧中——我還以為我自己是幸福的。我真可憐，到今天下午才覺得，是你提醒我，用你真實的生命的哀音喚醒我！

蕭先生，你或許以為我是一個發瘋的女子——放浪，無禮，驕傲，痴心，你或許以為我是這一類的人嗎？蕭先生，假如你來對我說一聲輕輕的「是」，我簡直就要自殺！但試問我以前是不是如此？是不是放浪，無禮，驕傲，痴心等等呢？我可以重重地自己回答一句，「我是的！」蕭先生，你也想得到我現在是怎樣的苦痛？你用神聖的鑰匙，將我從假的門裡放進真的門內去，我有如一個久埋地下的死人活轉過來，我是如何的委屈，悲傷！

我為什麼到了如此？我如一隻冰島上的白熊，我在寒威的白色光芒裡喘息我自己的生命。母親，哥哥，唉，我亦不願責備人世了！蕭先生，你以為人的本性都是善的嗎？在你慈悲的眼中或許都是些良好的影子，而我卻都視它們是醜惡的一團呢！現在，我亦不要說這許多空泛話，你或許要怪我浪費你有用的光陰。可是無論怎樣，我想在此後找我的青春，追回我的青春，盡力地享受一下我殘餘的青春！蕭先生，希望你給我一封回信，希望你以對待那位青年寡婦的心來對待我，我是受著精神的磨折和傷害的！

祝你在我們這塊小園地內得到快樂！

陶嵐敬上

他讀完這封信，一時心裡非常的躊躕。叫他怎樣回答呢？假如這時陶嵐在他的身邊，他除了睜著眼，緊緊地用手握住她的手以外，半天，他會說不出一句話來的。可是這時，房內只有他獨自一人。校內的空氣全是冷寂，窗外的微風，吹動著樹枝，他可以聽出樹枝上的積雪就此漱漱地落下來，好像小鳥在綠葉裡跳動一樣。他笑了一笑，又冥想了一會兒。抽出一張紙，他預備寫幾句回信了，便磨起墨。這時有人推進門來，是同事方謀。他來並沒有目的，似乎專為慨嘆這天氣之冷，以及夜長，早睡睡不著，要和這位有經歷的青年人談談而已。方謀的臉孔有些方，談起話來好像特別誠懇的樣子。他開始問北京的情形和時局，無非是些外交怎麼樣，這次的內閣總理究竟是怎麼樣的人，以及教育部對於教育經費獨立，小學教員加薪案到底如何了等。蕭澗秋一一據他所知回答他，也使他聽得滿意。他雖心裡記著回信，可是他並沒有要方謀出去的態度。兩人談了

五

很久，話又轉到中國的未來，就是革命的希望，革命成功的預料。蕭澗秋談到這裡，就一句不說，幾乎全讓方謀一個人滔滔地說個不停。方謀說，革命軍不久就可以打到江浙，國民黨黨員到處活動得很厲害，中國不久就可以強盛起來，似乎在三個月以後，一切不平等條約就可取消，領土就可收回，國民就可不做弱國的國民，一變而為世界的強族。他說：「蕭先生，我國是四千年來的古國，開化最早，一切禮教文物，都超越泰西諸邦。而現在竟為外人所欺侮，尤為東鄰彈丸小國所辱，豈非大恥？我希望革命早些成功，使中華二字一躍而驚人，為世界的泱泱大國！」蕭澗秋只是微笑地點點頭，並沒有插進半句嘴。方謀也就停止他的宏論。房內一時又寂然。方謀坐著思索，忽然看見桌上的藍信封——在信封上是寫著陶嵐二字——於是又鼓起興致來，欣然地向蕭澗秋問道：

「是 Miss 陶嵐寫給你的嗎？」一邊就伸出手取了信封看了一看。

「是的。」蕭答。

方謀默讀信封上的「煩哥哥交——」等字樣，他也就毫無異疑地接著說道，幾乎一口氣：

「Miss 陶嵐是一位奇怪的女子呢！人實在是美麗，怕像她這樣美麗的人是不多有的。也異常的聰明，古文做得很好，中學畢業第一。可是有古怪的脾氣，也驕傲非常。她對人從沒有好禮貌，你到她家裡去找她哥哥，她一見就不理你的走進房，叫一個傭人來回覆你，她從不肯對你說一句『哥哥不在家』的話。聽說她在外地讀書，有許多青年，竟被她弄得神魂顛倒，他們寫信，送禮物，求見，很多很多，卻都被她胡亂地玩弄，笑嬉嬉地走散。她批評男子的目光很銳利，無論你怎樣，被她一眼，就全體看得透明了。所以她到現在——已經二十三四歲了吧？——婚姻還沒有落定。聽說她還沒有一個意中人，雖然也有人毀謗她，攻擊她，終究似乎還沒有一個意中人。現在，你知道嗎？Mister 錢正積極地求親，媒人是一天一個地跑到慕侃家裡。慕侃母親，大有允許的樣子，因為 Mister 錢是我們芙蓉鎮裡最富有的人家，父親做過大官，門第富闊，他自己又是商科大學的畢業生，頭戴著方帽子，家裡也掛著一塊『學士第』的直豎匾額在大門口。雖然 Miss 陶不愛錢，可是 Miss 陶總要錢的，況且母兄作主，她也沒有什麼辦法。女子一過二十五歲，許配人就有些為難，況且 Mister 錢，也還生得漂亮。Miss 陶母親又認為女兒嫁在同村，見面方便些。所以這婚姻，恐怕明年二月，我們大有吃喜酒的希望。」

方謀說完，又哈哈笑一聲。蕭澗秋也只是微笑地靜默地聽著。

鐘已經敲十下。在鄉間，十時已是一個很遲的時候，況且又是寒天，雪夜，誰都應當睡了。於是方謀寒肅地抖著站起身說：

「蕭先生，旅路憊勞，天氣又冷，早些睡吧。」

又說句「明天見」，便走出門外。

蕭澗秋在房內走了兩圈，他不想寫那封回信了，不知為什麼，他突然不想立刻寫。並不是他怕冷，想睡，愛情本來是無日無夜，無冬無夏的，但蕭澗秋好像沒有愛情。至少，他不願說這個就是愛情，況且正是別人良緣正逢時。

於是他將那張預備好寫回信的紙，放還原處。他拿出教科書，預備明天的功課。

第二天，天晴了，陽光出現。他教了幾小時的課，學生們都聽得非常歡喜。

下午三點以後，他又跑到西村。青年寡婦一見他竟啜泣起來，她和採蓮都非常快樂。她們泡很沸的茶，茶裡放很多茶葉，請他喝。這是她唯一的答謝。她問蕭澗秋是哪裡人，並問何時與她的亡夫是同學。而且問得非常低聲，客氣。蕭潤秋一邊抱著採蓮，採蓮也對他毫不陌生了，一邊簡短地回答她。可是當婦人聽到他說他是無家無室的時候，不禁又含起淚來悲傷，驚駭，她溫柔地問：

「像蕭先生這樣的人竟沒有家嗎？」

蕭潤秋答：

「有家倒不能自由，現在我是心想怎樣，就可以怎樣去做。」

寡婦卻說：

「總要有一個家才好，像蕭先生這樣好的人，應該要有一個好的家。」

她這個「家」意思就是「妻子」。蕭潤秋不願與她多說，他認為女人只有感情，沒有哲學的。就和她談到採蓮讀書的事。婦人的意思，似乎想要她讀，又似乎不好牽累蕭潤秋。並說，她父親在時，是想培植她的，因為女孩非常聰明聽話。於是蕭說：

「跟我去就是了，錢的花費是很少的。」

他們就議定，叫採蓮每天早晨從西村到芙蓉鎮校裡，母親送她過橋。下午從芙蓉鎮

五

回家，蕭澗秋送她過橋，就從後天起。女孩一聽到讀書，也快活地跳起來，因為西村也還有到芙蓉鎮讀書的兒童，他們背著書包走路的姿勢，早已使她小心地羨慕了。

六

當天晚上，蕭澗秋坐在他自己房內，心境好像懸而未決般的不安。並不全是因為錢正興，使他反映地想起陶嵐，其中就生出一種恐懼和傷感；錢正興在他眼中，不過是一個紈袴子弟，和世界上一切紈袴子弟一樣。用大塊的美容霜擦白他的臉孔，整瓶的香髮油倒在他已光滑如鏡的頭髮上。衣服香而鮮豔，四邊總用和衣料顏色相對比的做鑲邊，彩蝶的翅膀一樣。講話時裝腔作勢，而又帶著心不在焉的樣子，這似乎都是紈袴子弟的特徵，普遍而一律的。而他重讀昨夜的那封信，對一個相知未深的女子彭湃的感情，實在不知如何處置。不回信呢，是會傷破女子神經質的脆弱之心，寫回信呢，她豈不是同事正在求娶的妻嗎？他又找不出一句辯論，說這樣的通信是交際社會的一切通常信札，並不是情書。他要在回信裡寫些什麼呢？他想了又想，選擇了又選擇，卻沒有相當簡潔而可以安慰她的字，似乎全部字典，他這時要將它扔在廢紙堆裡了。他在房內徘徊，沉思，吟詠，陶嵐的態度，不住地在他冷靜的心幕上演出，一微笑，一瞬眼，一點頭，他

六

都非常清楚地記得她。可是他卻不知道怎麼對付這個難題。他幾乎這樣空費了半小時，竟自己對自己痴笑起來，於是他結論自語道，輕輕的，

「說不出話，就不必說話吧。」

他坐下，翻開社會學的書來，他不寫回信了。並用一種人工假造的理論來辯護他自己，以為這樣做，理智已經戰勝。

第二天上午十時，蕭澗秋剛退了課，他預備到花園去走一圈，藉以晒一回陽光。可是當他回房，後面跟進一個人來，這正是陶嵐。她只是對他微笑，一時氣喘的，並沒有說一句話。鎮定了好久以後，才說：

「收到哥哥轉交的信嗎？」

「收到了。」蕭答。

「你不想給我一封回信嗎？」

「叫我從什麼開端說起？」

她痴痴地一笑，好像笑他是一個傻子一樣。同時深深地將胸中的鬱積，從她鼻孔中

無聲地呼出來。呆了半晌，又說：

「現在我又要向你說話了。」

她從衣袋內取出一封信，仔細地交給他，像交出一件寶貝一樣。蕭潤秋微笑地接受，只略略地看一看封面，也就仔細地將它藏進抽屜內。這種藏法也似要傳之久遠一般。

陶嵐看一看他的房內，低下頭問：

「你已叫採蓮妹來這裡讀書嗎？」

「是的，明天開始來。」

「你要她作你乾女兒嗎？」

「誰說？」

蕭潤秋奇怪地反問。她又笑一笑，不認真的。又說：

「不必問他了。」

蕭潤秋也轉嘆息的口氣說：

六

「女孩子是聰明可愛的。」

「是，」她無心地說：「可是我還沒有見過她。」

停一會兒，忽然又高興地說：

「等她來時，我想送她一套衣服。」

又轉了慢慢且冷淡的口氣說：

「蕭先生，我們是鄉下，農村，村內的消息是傳得非常快的。」

「什麼意思呢？」蕭澗秋全然不懂的地問。

她卻又苦笑了一下，說：

「沒有什麼。」

蕭澗秋轉過頭望向窗外。她立刻接著說：

「我要回去了。以後我在校內有課，中一的英文，我已向哥哥嚷著要來了。每天上午十點至十一點。哥哥以前原要我一點教課，我卻對他說『我是在家養病的。』現在他不要我教，我卻偏要教，哥哥沒有辦法。他有對你說過嗎？嗨，我自己是不知道什麼緣故。」

她得勝似的走出門外，蕭澗秋也向她點一點頭。

他坐在床上，幾乎發起愁來。可是一時又自覺好笑。他很快地走到桌邊，將那封信重新取出來，用剪刀裁了口，抽出一張信紙，他靠在桌邊，幾乎和看福音書一樣，他看下去：

蕭先生，我今天對你兩次的回音感到失望：日中，傍晚，孩子放學回家的時候。此次已夜十時了，我決計明天親身到你身邊來索取！

我知道你一定不認為我是一位發瘋的女子？不會吧？那你應該給我一封回信。說什麼呢？隨你說去，正似隨我說來一樣——我是想到什麼就說什麼的。

你應告訴我你的思想，並不是宇宙人生的大道理，這是我所不懂得的，是我要批評的地方。我知道我自己的缺點很多，所謂壞脾氣。但母親哥哥都不能指摘我，我可是不聽從他們的話。現在，望你校正我吧！

你也應告訴我你的將來，你的家鄉和家庭等。

面對面倒反說不出話，還是以筆代方便些，所以你必得寫回信，雖然郵差就是我自己。

你在此地生活不舒服嗎？——這是哥哥告訴我的，他說你心裡好似不快。還有別的原因嗎？校內有幾個人，你該原諒他們，他們中有的實在是可憐——無聊而又無聊的。

一個望你回音的人

六

他看完這封信，心頭卻急烈地跳動起來，似乎幸福擠進他的心，他幾乎要暈倒了！他在桌邊一時痴呆地，他想，他在人間是孤零的，單獨的，雖在中國的疆土上，跑了不少的地方，可是終究是孤獨的。現在他不料來這小鎮內，卻被一位天真可愛而又極端美麗的姑娘，用情絲來繞住他，幾乎使他不得動彈。雖然他明白，她是一個感情奔放的人，或者她是用玩洋娃娃的態度來玩他，可是誰能否定這不是「愛」呢？愛，他對於這個字卻仔細地解剖過的。但現在，他能說他不愛她嗎？這時，似乎他秋天的思想，被夏天的濃雲來密布了。他還是用前夜未曾寫過的那張信紙。他寫下：

我不知道對你稱呼什麼好些？一個青年可以在他敬愛的姑娘前面叫名字嗎？我想，你有少年人的理性和勇敢，你還是做我弟弟吧。

我讀你的信，我是苦痛的。你幾乎將我過去的寂寞的影子重重地翻起，把我清冷的前途，打得零星粉碎。弟弟，請你制止一下你紅熱的感情，熱力是要傳播的。

我的過去，我只帶著我自己的影子作伴到各處。我有和野蠻人同樣的思想，認為影子就是靈魂，實在，我除了影子以外還有什麼呢？我是一無所有的人。「自由」是我的真諦，家庭是自由的羈絆。

這樣的社會，這樣的國家，家庭的幸福，我是不希望得到了。我只有淡漠看一切，真誠地愛我心內所要愛的人，一生的光陰是有限的，願勇敢拋下過去，最後給我安息。不過弟弟的爛漫且野火般的感情我是非常敬愛的，火花是美麗的，熱是生命的原動力。不過弟弟不必以智慧之尺來度量一切，結果苦惱自己。

說不出別的話，祝你快樂！

蕭澗秋上

六

他一邊寫完這封信，隨手站起，走到箱子傍，翻開那箱子。它裡面亂放著舊書，衣服，用具等。他就從一本書內，取出二片很大的絳紅色的楓葉來，這顯然已是兩三年前的東西了，因保存得好，好像標本。這時他就將它夾在信紙內，一同放入信封中。

放學鈴響，他一同和小朋友們出去。幾乎走了兩個轉角，他找住一個孩子——他是陶嵐指定的，住在她的左鄰——將信輕輕地交給他，囑咐他帶去。聰明的孩子，也笑著點頭，輕跳了兩步，跑去了。

仍在當天下午，陶慕侃從校外似乎不愉快地跑進來。蕭澗秋迎著，向他談了幾句關於校務的話。慕侃接著請他到校園去，他要和他談談。二人一面散步，一面慕侃幾乎求他援助一般，向他說道：

「蕭，你知道我妹妹的事真不好辦，我竟被她弄得處處為難了。你知道 Mister 錢很想娶我妹妹，當初母親大有滿意的樣子。我因為妹妹終身的事情，任妹妹自己作主，我不加入意見。而妹妹卻向母親聲明，只要有人願意每年肯供給她三千元，讓她到國外去三年，她回來就可以和這人結婚，無論這人是怎麼樣，瞎眼，跛足，六十歲或十六歲都好。可是 Mister 錢偏答應了，不過條件稍稍修改一些，是先結婚，後和她到美國去。

而我母親偏同意這修改的條件。雖然妹妹不肯答應，母親也不願讓一個女孩兒到各國去亂跑。蕭，你想，天下也會有這樣的呆子，放割斷了線的金紙鳶嗎？所以母親對於錢的求婚，竟是半允許了。所謂半允許，實際也就是允許的一面。不料今天吃午飯時，母親又將上午錢家又差人來說的情形告訴妹妹，並揀日送過訂婚禮來。妹妹一聽，卻立刻放下筷子，跑到房內哭了！母親是非常愛妹妹的，她再三問妹妹，而妹妹對母親卻表示不滿，要母親立刻拒絕，在今天之內。」陶說到這裡，向四周看一看，提防別人聽一樣。接著又輕輕地說：「母親的勸告無效，哪有不依她。於是叫我去，難題又落到我身上了。妹妹限我在半夜以前，要將一切回覆手續做完。蕭，我妹妹是Queen，你想，叫我怎樣辦呢？Mister錢是此地的同事，他一聽消息，首當辭退教務。這還不要緊，他家也是貴族，他父親是做官的，曾經做過財政部次長。會由我們允就允，否就否，隨隨便便嗎？妹妹雖可執著當初的條件，可是母親卻暗下和他改議過了。現在卻叫我去辦，這雖不是一件離婚案，實際卻比離婚案更難，離婚可提出理由，叫我現在提出什麼理由呢？」

他說到這裡，竟非常擔憂地，搔搔頭髮。停一會兒，又嘆了一口氣，說：

「蕭，你是一個精明的人，代我想想法子，叫我怎樣辦好？」

六

這時蕭潤秋向他看了一看，幾乎疑心這位誠實的朋友有意刺他。可是他還是鎮靜地答道：

「延宕就是了。使對方慢慢地冷去，假如你妹妹真的不願的話。」

「真的不願。」慕侃勾一勾頭。

蕭又說：

「那只好延宕。」

慕侃還是愁眉的，為難的說：

「延宕，延宕，誰知道我妹妹真的又想怎樣呢？我代她延宕，而妹妹卻偏不延宕了，叫我怎樣辦呢？」

蕭澗秋忽然似乎紅了臉，他轉過頭取笑說：

「這只好難為了哥哥！」

二人又繞了一圈路，回到各人房內。

七

採蓮——女孩來校讀書的早晨。

這天早晨，蕭澗秋迎她到橋邊，而青年寡婦也送她到橋邊，於是大家遇著了。這是一個非常新鮮幽麗的早晨，陽光晒得大地鍍上金色，空氣是清冷而甜蜜的。田野中的青苗，好像頓然青長了幾寸；橋下的河水，也悠悠地流著，流著；小魚已經在清澈的水內活潑地爭食了。蕭澗秋將採蓮輕輕抱起，放在唇邊親吻了幾下，於是說：

「現在我們到校裡去吧。」一邊又對那婦人說：

「妳回去好了，妳站著，孩子是不肯走的。」

女孩依依地看了一回母親，又轉臉慢慢地看了一回蕭澗秋——在她弱小的腦內，這時已經知道這位男子，是等於她爸爸一樣的人了。她喜悅的臉孔反倒變得惆悵起來，婦人輕輕地整一整衣服，向她說：

「採蓮，妳以後要聽蕭伯伯的話，也不要和別人去鬧，好好地玩，好好地讀書，記得嗎？」

「記得的。」女孩回答。

她又抬頭向青年說：

「蕭伯伯，學校裡有橘子樹嗎？媽媽說學校裡有橘子樹呢！」

婦人笑起來，蕭澗秋也明白這是引誘她的話，回答說：

「有的，我一定買給妳。」

於是他牽著她的手，離開婦人，一步一步往學校這條路走。她幾次回頭看她的母親，她母親也幾次回頭來看她，並遙遠向她揮手說：

「去，去，跟蕭伯伯去，晚上媽媽就來接妳。」

蕭澗秋卻牽她的袖子，要使她不回頭，對她說：

「採蓮，校裡什麼都有，橘子樹，蘋果的花，妳知道蘋果嗎？嗨，學校裡還有大群的小朋友，他們會做老虎，做羊，做老鷹，做小雞，一起玩著，我帶妳去看。」

採蓮就和他談起關於兒童的事情來。不久，她就變作很喜悅的樣子。

到了學校會客室，陶慕侃方謀等幾位教師也圍攏來。他們稱讚了一回女孩的面貌，又惋惜了一回女孩的命運，高聲說，她父親是為國犧牲的。最後，陶慕侃還老老實實地拍拍蕭澗秋的肩膀說：

「老弟，你真有救世的心腸，你將來會變成一尊菩薩呢！」

方謀又附和著嘲笑說：

「將來女孩得到一個佳婿，蕭先生還和老丈人一般地享福呵！」

蕭澗秋搖搖頭，覺得話是愈說愈討厭。一邊正經地向慕侃說：

「不要說笑話，我希望你免了她的學費。」

慕侃急忙答：

「當然，當然，書籍用具也由我出。」

一邊就跑出做事去了。蕭澗秋又叫了三個中學部的學生，對他們說：

「帶這位小妹妹到花園，標本室去玩一趟吧。」

七

小學生一大群圍攏她，擁她去，誰也忘記了她是一個貧苦的孤女。蕭澗秋在後面想，

「她倒真像一位 Queen 呢！」

十點鐘，陶嵐來教她英文的功課。她先看一看女孩，一見便疼愛她了。似乎採蓮的黑小眼，比陶嵐還要引人注意。陶嵐摟了她一回，問了她一些話，女孩也毫不畏縮地回答，答得非常簡單，清楚。她又展開了她嫩白的小手，竟似荷花剛開放的瓣兒，她又在她手心上吻了幾吻。蕭澗秋走來，她卻慢慢地離開了陶嵐，走到他身邊去，依偎著他。他就問她，

「妳已記熟了字嗎？」

「記熟了。」採蓮答。

「妳背誦一遍看看。」

她就緩緩地好像不得不依地背誦了一遍。

陶嵐和蕭澗秋相視而笑。蕭在她的小手上拍拍，女孩接著問：

「蕭伯伯，那邊唱什麼呢？」

「唱歌。」

「我之後也會唱嗎？」

「是呀，下午就唱了。」

她露出非常快樂而有希望的樣子。蕭澗秋向陶嵐說：

「她和妳性情相同，她也喜歡音樂呢。」

陶嵐媚媚地一笑，輕說：「和你也相同的，你也喜歡音樂。」

蕭向她看了一眼，又問女孩，指著陶嵐說：

「妳怎麼叫這位老師呢？」

女孩一時呆呆的，搖搖頭，不知所答。陶嵐卻接著說：

「採蓮，妳叫我姐姐吧，妳叫我陶姐姐就是了。」

蕭澗秋向陶嵐又睜眼看了一看，微微皺眉，向女孩說：

「叫陶先生。」

七

採蓮點頭。陶嵐繼續說：

「我當不了先生，我只配當她姐姐，我也願永遠當她姐姐。『陶先生』這個稱呼，讓我哥哥去當吧。」

「好的，採蓮，妳就叫她陶姐姐吧。可是妳以後叫我蕭哥哥好了。」

「媽媽叫我叫你蕭伯伯的。」

女孩好像不解地嬌憨地辯駁。陶嵐笑說：

「你失敗了。」

同時蕭澗秋搖搖頭。

上課鈴響了，於是她們三人分別走向三個教室去，各人帶著美滿的心。

蕭澗秋幾乎沒有心吃午餐。他關了門，在房內走來走去。桌上赫赫然展著陶嵐一小時前臨走時交給他的一封信，在信紙上面是這麼清楚地寫著：

蕭先生：

你真能要我做你弟弟嗎？你不以我為愚嗎？唉，我何等幸福，有像你這樣的一個哥哥！我的親哥哥是愚笨的——我說他愚笨——假如你是我的親哥哥，我決計一世不嫁——一世不嫁——陪著你，伴著你，我服侍著你，以你獻身給世的精神，我決願做你一個助手。唉，你為什麼不是我的一個親哥哥？九泉之下的爸爸喲，你為什麼不養一個這樣的哥哥給我？我怎麼這樣不幸……但，但，不是一樣嗎？你不算我親哥哥嗎？我昏了，蕭先生，你就是我唯一的親愛的哥哥。

我的家庭裡平和的空氣，恐怕從此要破裂了。母親以前是最愛我的，現在她也不愛我了，因為我不肯聽她的話。我以前一到極苦悶的時候，我就無端地跑到母親身前，伏在她懷裡哭起來，母親問我什麼緣故，我卻愈被問愈大哭，哭到眼淚似乎要完了為止。這時母親還問我是什麼緣故，我卻氣喘地向她說：「沒有什麼緣故，媽媽，我只覺得自己要哭呢！」母親還問：「你想到什麼啊？」「我不想到什麼，只覺得自己要哭呢！」我就偎著母親的臉，母親也拍拍我的背，叫我幾聲痴女兒。於是我就到床上去睡，或者從此睡了一日一夜。這樣，我的苦悶也減少些。可是現在，蕭哥哥，我還能去母親懷裡哭嗎？我也怕走近她，天呀，叫我向何處去哭呢？

連眼淚都沒處流的人，這是人間最苦痛的人吧？

哥哥，現在我要問你。人生究竟是無意義的嗎？就隨著環境的支配，好像一朵花落在水上一樣，隨著水性的流去，到消滅了為止這樣嗎？還是應該掙扎一下，反抗一下，依著自己意志奮鬥呢？蕭先生，我一定聽從你的話，請你指示我一條路吧！

說不盡別的話，囑你康健！

你永遠的弟弟嵐上

下面還附著幾句：

紅葉願永遠保藏，為我倆見面的紀念。可是我送你什麼呢？

蕭澗秋不願將這封信重讀一遍，就仔細地將這封信拿起，藏在和往日一道的那格抽屜內。

一邊，他又拿出了紙，在紙上寫：

嵐弟：

關於你的事情，你哥哥已詳細地告訴過我了。我也了解那人，但叫我怎樣說呢？除了我勸你稍稍性子寬緩一點，以免損傷你自己的身體以外，我還有什麼話呢？

我常常自己對自己這麼大聲叫：不要專計算你自己的幸福之量，因為現在不是一個自求幸福之量加增的時候。嵐弟，你也認為我這話是對的嗎？

兩條路，這卻不需要我回答，因為你自己早就實行一條去了。你不是已經走著一條去了嗎？

希望你切勿以任性來傷害你的身體，勿流過多的眼淚。我已數年沒有流過一滴淚，不是沒有淚——我小時候也慣會哭的，連吃飯時的飯，熱了要哭，冷了又要哭——現在，是我不要它流！

末尾，他就草草地具名，也沒有加上別的情書式的冠詞。

這封信，他似乎等不到明天陶嵐親自來索取，他要藉著小天使的兩翼，仍叫那位小

七

學生，囑他小心飛似地送去。

他走到會客室內，想靜一靜一種說不出的惆悵。幾位教員正在飯後高談著，談的正是「主義」。方謀一見蕭澗秋進去，就起勁地幾乎手腳亂舞地說：

「喏，蕭先生，我以前問他是什麼主義，他總不肯說。現在，我看出他的主義來了。」蕭和眾人一時安靜下來。「他是一個悲觀主義者，他的思想非常悲觀，他對於中國的政治，社會，一切論調都非常悲觀。」

陶慕侃也站了起來，他似乎要為這位忠實的朋友賣個忠實，急忙說：

「不是，不是。他人生的精神是非常積極的。悲觀豈不是要消極嗎？我這位老友的態度卻勇敢而積極。我想賜他一個名詞，假如每人都要有一個主義的話，他就是一個犧牲主義者。」

大家點點頭。蕭澗秋緩步地在房內走，一邊說：

「主義不是像皇帝賜姓一般隨你們亂給的。隨你們說我什麼都好，可是我終究是我。假如要我自己注釋起來，我就這麼說——我好似冬天寒夜裡爐火旁的星星火花，倏忽便要消滅了。」

這樣，各人一時默然。

七

八

第三天，採蓮沒有到校裡來讀書。蕭澗秋心裡覺得奇怪，陶慕侃就說：

「小孩子總不喜歡讀書。無論家裡怎麼樣，總喜歡依在母親身邊，母親身邊就是她的極樂國。像我們這樣的學校總不算壞的了，而採蓮讀了兩天書，今天就不來。」

下午三點鐘，蕭澗秋退了課。他就如散步一樣，走向她們家裡。他先經過一條街，買了兩顆蘋果——蘋果在芙蓉鎮裡，是算上等的難得的東西，外麵包了一張紙，藏在透明的玻璃瓶內——蕭澗秋拿了蘋果，依著河邊，看看烏雲將雨的天色，他心裡非常涼爽地走去。

走過了柏樹蔭下，他就望見採蓮的家門口，青年寡婦坐著補衣，孩子在旁邊玩。蕭澗秋走近，他們也望見他了，遠遠地招呼著，孩子舉著兩手，似向他說話。他疑心採蓮為什麼不在，一邊走近，拿出一顆蘋果來，叫道：

「喂，小弟弟，你要嗎？」

八

孩子跑向他，用走不完全的腳步跑向他。他就將他抱起，一個蘋果交在他手裡，用他兩隻小手捧著，將外面那張包裝紙撕了，聞起來。蕭澗秋便問道：

「你姐姐呢？」

「姐姐？」

小孩子重複了一句。青年寡婦接著說：

「她早晨忽然說肚子痛，我摸摸她的頭有些熱，我就叫她不要去讀書了。採蓮還想要去，是我叫她不要去，我說先生不會罵的，中飯也沒有吃，我想餓她一餐也好。現在睡在床內，也睡好久了。」

「我去看看。」蕭澗秋說。

同時三人就走進屋內。

等蕭澗秋走近床邊，採蓮也就醒了，彷彿被他們輕輕的腳步喚醒一樣。蕭低低地向她叫了一聲，她立刻快樂地喚起來，

「蕭伯伯，你來了嗎？」

「是呀，妳不來讀書，我就來看看妳。」

「媽媽叫我不要讀書呢！」

女孩向她母親看了一眼。蕭潤秋立刻接著說：

「不要緊，不要緊。」

很快地停了一會兒，又問：

「妳現在身體覺得怎麼樣？」

女孩微笑地答：

「我好了，我病好了，我要起來。」

「再睡一下吧，我給妳一顆蘋果。」

同時蕭潤秋將另一蘋果交給她，並坐在床邊。一邊又摸了一摸她的額頭，覺得額上還有些微熱。又說：

「可惜我沒有帶溫度計來，否則也可以量一量她熱度有沒有高些。」

婦人也摸了一下，說：

「還好，這不過是睡醒如此。」

採蓮拿著蘋果，非常喜悅，似從來沒有見過蘋果一樣，放在唇邊，又放在手心上。這時這兩顆蘋果的功效，如旅行沙漠中的人，久不得水時所見到的一樣，兩個小孩的心，竟被兩顆蘋果占領了。蕭澗秋看得呆了，他向採蓮湊近問：

「妳要吃嗎？」

「要吃的。」

婦人接著說：

「再玩一玩吧，吃了就沒有。貴的東西應該保存一下才好。」

蕭澗秋說：

「不要緊，要吃就吃，我明天再買兩個來。」

婦人接著淒涼地說：

「不要買，太貴呢！小孩子的心又哪裡能填得滿足。」

可是蕭澗秋還是從衣袋內拿出刀子來，將蘋果的皮刮去了。

這樣大概又過了半小時。窗外突然落起了小雨。蕭隨即對採蓮說：

「小妹妹，我要回去了，已經下雨了。」

女孩卻妖嬌地說：

「等一等，蕭伯伯，你再等一等。」

可是才過一下，雨又更大了。蕭澗秋愁起眉說：

「趁早，小妹妹，我要走了，否則，天暗了我更難走。」

「天會晴的，過會兒就晴了。」

她母親也說：

「現在已經走不來路，雨太大了，我們家裡連雨傘也沒有。蕭先生還是等一等吧，還是吃了飯再回去？」

「還是走。」

他就站起身來，婦人說道：

八

「這樣衣服要完全打溼的，讓我借傘去吧。」

窗外的雨點已如麻繩一樣，借傘的人簡直又需要借傘了。蕭澗秋又坐下，阻止說：

「不要去借，我再坐一會兒吧。」

女孩也在床上歡喜地叫，

「媽媽，蕭伯伯再坐一會兒呢！」

婦人留在房內，繼續說：

「還是在這裡吃了晚飯，我只燒兩顆雞蛋就是。」

女孩應聲又叫，牽著他的手，

「在我們這裡吃飯，在我們這裡吃飯。」

蕭澗秋輕輕地向她說：

「吃完飯還是要回去。」

女孩想了一下，慢慢說：

「不要去，假如雨仍舊大，就不要回去。我和蕭伯伯睡在床這一端，讓媽媽和弟弟睡在床那一端，不好嗎？」

蕭濶秋微笑地向青年寡婦看了一眼，只見她臉色微紅地低下頭。房內一時冷靜起來，而女孩終於不懂事地問：

「媽媽，蕭伯伯睡在這裡有什麼呢？」

婦人勉強地呑吐答：

「我們的床，睡不下蕭先生的。」

採蓮還是撒嬌地說：

「媽媽，我要蕭伯伯也睡在這裡。」婦人沒有話，她的心被女孩天真的話所撥亂，好像跳動的琴弦。各人抬起頭來向各人一看，只覺接觸了目光，便互相一笑，又低下頭。婦人一時想到了什麼，止住她要送上眼眶來的淚珠，抱起孩子。蕭濶秋也覺得不能再坐，他看一看窗外將晚的天色，雨點少些的時候，就向採蓮輕微地說：

「小妹妹，現在校裡那班先生們正在等著我吃飯，我不去，他們要等的飯冷了。我要回去了。」

八

女孩又問：

「先生們都等你吃飯嗎？」

「對。」他答。

「陶姐姐也在等你嗎？」

蕭澗秋又笑了一笑，隨口答：

「是的。」

婦人在旁就問誰是陶姐姐，蕭澗秋答是校長的妹妹。婦人蹙著眉說：

「採蓮，妳怎麼叫她陶姐姐呢？」

女孩沒精打采地說：

「陶姐姐要我叫她陶姐姐的。」

婦人微愁地說：

「女孩太嬌養了，一點道理也不懂。」

同時蕭澗秋站起來說：

「不要管她，隨便叫什麼都可以的。」

一邊又向採蓮問：

「我回去了，妳明天來讀書嗎？」

女孩不快樂地說，似乎要哭的樣子，

「我會來的。」

他重重地在她臉上吻了兩吻，吻去了她兩眼的淚珠，說：

「好的，我等妳。」

這樣，他舉動迅速地告別床上含淚的女兒和正在沉思中的少婦，走出門外。頭上還是雨，他卻在雨中走得非常起勁。只有十分鐘，他就跑到了校內。已經是天將暗的時候，校內已吃過晚飯了。

八

九

蕭澗秋的衣服終究被雨淋溼了。他推門進房，不知怎麼一回事，陶嵐正在陰暗中坐著，他幾乎辨別不出是她。他走近她身前，向她微笑的臉上，叫一聲「嵐弟！」同時他將右手輕放在她左肩上。心想，

「我隨便對採蓮答她等著，她卻果然等著，這不是夢嗎？」

而陶嵐好似挖苦地問：

「你從哪裡回來？」

「探望採蓮。」

「孩子病了嗎？」陶嵐問。

隨著，他就說她的病是輕微的，或許明天就可以來讀書；因天雨，他坐著陪她玩了一趟；夜黑了，他不得不冒雨回來，也還沒有吃飯等話，通通說了一遍。一邊點亮燈，

九

一邊開了箱子拿出衣服來換。陶嵐說：

「我是來向你問題目的。同時哥哥也叫我要你到我們家裡去吃晚飯。可是我卻帶了雨到你這裡來，我也在這裡坐了有一小時了。我看托爾斯泰的《藝術論》，看了幾十頁，我不十分贊成這位老頭子的思想。哥哥等會兒，還是跟我一道去家裡吃晚飯去吧。」

蕭將衣服換好，笑著說：

「不要，我隨便在學校裡吃。」

而她嬉謔地問：

「那我此刻就回去嗎？還是我吃了飯再來呢？」

她簡直用要挾孩子的手段來要挾他，可是他在她面前也果然變成一個孩子了。借了兩把傘，滅下燈，兩人就向門外走出去。

小雨點打在二人傘上，響出寂寞的調子。黃昏的鎮內，也異樣地蕭索。二人深思了一時，蕭澗秋不知不覺地說道：

「錢正興好像今天沒有來校。」

「你知道是什麼緣故嗎？」

陶嵐睜眼問。他微笑，

「叫我從什麼地方知道呢？」

陶嵐非常緩冷地說：

「他今天上午差人送一封信給哥哥。說要辭去中學的職務。原因完全關於我，也關於你。」

同時她轉過頭向他看了一眼。蕭隨問：

「關於我？」

「是呀，可是哥哥囑咐我不能告訴你。」

「不告訴我也好，免得我苦惱。不過我也會料到幾分，因為妳已經說出來。」

「或許吧。」陶嵐說話時，總帶著自然的冷淡的態度。

蕭澗秋接著說：「不是嗎？因為我們互相要好。」

九

她笑一笑，重複問：

「互相要好？」

語氣間似非常有趣。過會兒，又說，

「我們真是一對孩子，一見面就互相要好。哈，孩子似的要好。你也是這個意思嗎？」

「是的。」

「可是錢正興怎麼猜想我們呢？神祕的天性，奇妙的可笑的人，他或許也猜得不錯。」她沒精打采的。一時，又微顫囁嚅地說：

「我本答應哥哥不告訴你的，但止不住不告訴你。他說：我已經愛上你了！雖然他知道我愛你的『愛』是他愛我的『愛』深一百倍，因為你是完全不知道怎樣叫做『愛』的一個人，他說，你好似一塊冷的冰。但是他恨，恨他自己為什麼要有家庭，要有錢；為什麼不窮的只剩他孤獨一身。否則，我便會愛他。」陶嵐說上面每個「愛」字的時候，已經痴痴地說不出，這時她更紅起臉來，匆忙繼續說：「錯了，你能原諒我嗎？他語氣沒有這樣厲害，是我特別形容的。卑鄙的東西！」

蕭潤秋幾乎感到身體要炸裂了。他沒有別的話，只問：

「妳還幫他辯護嗎？」

「我求你！你立刻將這幾句話忘記吧！」

她挨近他身，兩人幾乎同在一頂傘下。小雨繼續在他們的四周落下。他沒有說。

「我求你。因我們是孩子般要好，才將這話告訴你的。」

他向她苦笑，同時一手緊緊地握住她的手，一邊說：

「嵐，我恐怕要在你們芙蓉鎮裡死去了！」

她低頭含淚地說：

「我求你，你無論如何不要煩惱。」

「我從來沒有煩惱過，我是不會煩惱的。」

「這樣才好。」她默默地頓了頓，又嚅嚅地說：「我真是世界上第一個壞人，我每每因為自己的真率，一言一動，就得罪了許多人。哥哥將錢的信給我看，我看了簡直手足氣冷，我不責備錢，我大罵哥哥為什麼要將這信給我看？哥哥無法可想，只說這是兄妹間的感情。他當時再三囑咐我不要被你知道。當然，你知道了這話的氣憤，和我知道時的氣憤是一樣的。我呢，」她向他看一眼，「不知怎麼的，在你身邊竟和在上帝身邊一樣，不能有所隱瞞，好似你已經洞悉我胸中所想的一樣，會不自覺地將話溜出口來。現在你要責備我，可以和我那時責備哥哥那樣。不過哥哥已說，『這是兄妹間的感情』。我求你，為了兄妹間的感情，不要煩惱吧！」

他向她苦笑，說：

「沒有什麼。我也絕不憤恨錢正興，妳不用再說了！」

他倆一句話也沒有，走了一段路，家門口就出現在眼前。這時蕭澗秋和陶嵐二人心裡所想完全各異，一個似乎不願意走進去，要退回來；一個卻要一箭射進去，愈快愈好；可是二人互相一看，假笑的，沒有話，慢慢地走進門。

晚餐在五分鐘以後就安排好。陶慕侃，陶嵐，蕭澗秋三人在同一張小桌子上。陶慕侃儼然大哥模樣坐在中央，他們兩人孩子似的坐在兩邊。主人每餐須喝一斤酒，似成了習慣。蕭澗秋的面前只放著一隻小杯，因為陶慕侃知道他是不會喝的。可是這一次，蕭一連喝了三杯之後，還是向主人遞過酒杯去，微笑地輕說：

「請你再給我一杯。」

陶慕侃奇怪地笑著對他說：

「你今夜怎麼忽然有酒興呢？」

蕭澗秋接杯子在手裡又一口喝乾了，又遞過杯去，向他老友說：

「請你再給我一杯吧。」

陶慕侃提高聲音叫，

「你酒量不少呢！你是會吃酒的，你平常是騙了我。今夜我們盡性吃一吃，換了大杯吧！」

同時他唸出兩句詩：

人生有酒須當醉，
莫使金樽空對月。

陶嵐多次向蕭澗秋使眼色，含愁的。蕭卻仍是一杯一杯地喝。這時她止不住地說道：

九

「哥哥，蕭先生是不會喝酒的，他此刻當酒是麻醉藥呢！」

她哥哥正如酒徒一樣地應聲道：

「是呀，麻醉藥！」

同時又唸了兩句詩：

何以解憂，

唯有杜康。

蕭澗秋放下杯子，輕輕向他對面的人說：

「嵐，你放心，我不會以喝酒當作喝藥的。我也不要麻醉自己。我為什麼要麻醉自己呢？我只想讓自己興奮一些，也可勇敢一些，我今天很疲倦了。」

這時，他們年約六十的母親從裡面走出來，一位慈祥的老婦人，頭髮斑白，向他們說：

「女兒，你怎麼叫客人不要喝酒呢？給蕭先生喝呀，就是喝醉，家裡也有床鋪，可以讓蕭先生睡在這裡。天又下大雨了，回去也不便。」

陶嵐沒有說，愁悶地。而且草草吃了一碗飯，不吃了，坐著，監視他們。

蕭澗秋又喝了三杯，談了幾句關於報章所載的時事，無心地。於是說：

「夠了，真的要麻醉起來了。」

慕侃不依，還是高高地提著酒壺，他要看看這位新酒友程度到底如何。於是蕭澗秋又喝了兩杯；兩人同時放下酒杯，同時吃飯。

在蕭澗秋臉上，終有夕陽反照的顏色了。他也覺得他的心臟不住地跳動，而他勉強掙扎著。他們坐在書房內，這位慈和的母親，又給他們泡了兩盞濃茶，蕭澗秋立刻捧著喝起來。這時各人心內都有一種超乎尋常的問題。陶慕侃看看眼前的朋友和他妹妹，似乎希望他們成為一對眷屬，因為一個是他所敬的，一個是他所愛的。對於錢正興的那封信，究竟要怎樣答覆呢？他還是不知道怎麼解決。在陶嵐心裡，想著蕭澗秋今夜的任情喝酒，是因為她告訴了錢正興對他的諷刺，可是她用什麼話來安慰他呢？她想不出。蕭澗秋的心，卻幾次想問一問這位老友對於錢正興的辭職，究竟想如何。但他終於沒有說，因她的緣故，他將話支吾到各處去——廣東，或直隸。因此，他們沒有一字提到錢正興。

九

蕭潤秋說要回校，他們阻止他，因他酒醉，雨又大。他想：

「也好，我索興睡在這裡吧。」

他就留在那間書房內，對著明明的燈光，胡思亂想——陶慕侃也帶著酒意睡去了——過了一會兒，陶嵐又走進來，她還帶她母親同來，捧了兩樣果子放在他前面。蕭澗秋心裡感到不舒服，這位慈愛的母親問他一些話，簡單的，並不像普通多嘴的老婆婆，無非關於住在鄉下，舒服不舒服一類。蕭澗秋是「一切都很好」，簡單地回答了，母親就走出去。於是陶嵐笑微微地問他：

「蕭先生，你現在還會喝酒嗎？」

「怎麼呢？」

「喝多一點。」

她幾分假意的。他卻聚攏兩眉向她一看，又低下頭說：

「妳不知道，我那時若不喝酒，我一定會哭。否則也吃不完飯，就要回到學校去。妳知道，我是怎樣的一個人，我是人間一個孤零的人。現在你們一家，個個用溫柔的手來撫我，我不能不自己感到淒涼，悲傷起來。」

「不是為錢正興嗎？」

「為什麼我要為他呢？」

「噢！」陶嵐似乎駭異了。

一時，她站在他身前慢慢說：

「你可以睡了。哥哥吃飯前私向我說，他已寫信去堅決挽留。」

蕭澗秋接著說：

「很好，明天他一定來上課的。我又可以碰見他。」

「你想他還會來嗎？」

「一定的，他不過試試你哥哥的態度。」

「胡！」她又說了一個字。

蕭繼續說：

「你不相信，你可以看你哥哥的信稿，對我一定有巧妙的話呢！」

九

她也沒有話，伸出手，兩人握了一握，她躊躇地走出房外，一邊說：

「祝你晚安！」

十

如此過去一個月。

蕭潤秋在芙蓉鎮內終於受校內校外的人們攻擊了。非議向他襲來，不滿也注視著他。

一個孤身的青年，時常走進走出一個年青寡婦的家門，何況他的態度親暱，將他的收入盡量供給她們，簡直像一個兒子孝順他慈愛的母親。這能不引人疑異嗎？蕭潤秋已將採蓮和阿寶看作他自己的兒女一樣了，愛著他們，留心著他們的未來，但社會，鄉村多嘴的群眾，能明白這個嗎？剛開始是那班鄰里的大人們私私議論——驚駭挾譏笑的，繼之，有幾位婦人竟來到寡婦前面，問長問短。最後，謠言飛到一班頑童耳朵裡，而那班頑童公然對採蓮施罵起來，使採蓮哭著跑回到她母親身前，哽咽不休地說：「媽媽，他們罵我有一個野伯呢！」但她母親聽了女兒無故被罵，除了也跟著女兒流了眼淚以外，又有什麼辦法呢？婦人只有忍著她創痛的心來接待蕭潤秋，將她的苦惱隱藏在快

十

樂後面，和蕭澗秋談話。可是蕭澗秋，他知道，他知道鄉人們以卑鄙的心器來測量他們了，但他不管。他還是鎮靜地和她說話，活潑地和孩子們嬉笑，全是一副「笑罵由人笑罵，我行我素而已」的態度。傍晚，他快樂地跑到西村，也快樂地跑回校內，表面全是快樂的。

可是學校，又另有一種態度對待他。他和陶嵐每天見面時互相遞受的通信，已經被學校的幾位教員們知道了。陶嵐是芙蓉鎮裡的孔雀，誰都願意愛她，而她偏在以他們的目光看來等於江湖落魄者的身前展開錦尾來，他們能不妒忌嗎？之後，連這位忠厚的哥哥，也不以他妹妹的行為為然，他聽到陶嵐在蕭澗秋房內的笑聲實在笑得太高了。另一邊，學校裡教員們分成了黨派，每次在教務或校務會議席上，互相厲害地爭執起來，在陶慕侃心裡，認為全是他妹妹一人弄成。一次，他稍稍對他妹妹說：「我並不是叫妳不要和蕭先生相愛，不過妳應該尊重輿論一些，眾口是可怕的。而且母親還不知道，假使知道，母親要怎樣呢？這是妳哥哥對妳的誠意，妳應審察一下。」而陶嵐卻一聲不響，突然睜大眼睛，向她哥哥火燒一般地看了一下，冷笑地答：「笑罵由人笑罵，我行我素而已。」

一天星期日下午，陶嵐坐在蕭澗秋房內。兩人正在談話甜蜜的時候，阿榮卻突然送進一封信來，一面向蕭澗秋說：

「有一個陌生人，叫我趕緊將這封信交給先生，不知什麼事。」

「送信的人呢？」

「回去了。」

答完，阿榮自己也出去。蕭澗秋望望信封，覺得奇怪。陶嵐站在他身邊向他說：

「不要看它好吧？」

「總得看一看。」

一邊就拆開了，抽出一張紙，兩人同時看。果然，全不是信的格式，也沒有具名，只這樣八行字：

芙蓉芙蓉二月開，
一個教師外鄉來。
兩眼炯炯如鷹目，

十

內有一副好心裁。
左手抱著小寡婦，
右手還想折我梅！
此人若不驅逐了，
吾鄉風化安在哉。

蕭澗秋立刻臉轉蒼白，全身震動，將這條白紙捻成一團，鎮靜著苦笑地對陶嵐說：

「我恐怕在這裡住不長久了。」

一個也眼淚噙噙地說：

「上帝知道，不要留意這個吧！」

兩人相對。他慢慢地低下頭說：

「一星期前，我就想和你哥哥商量，脫離這裡。因為顧念小妹妹的前途，和一時不忍離別妳，所以忍住。現在，妳想，還是叫我早走吧！我們來商量一下採蓮的事情。」

他的語氣非常淒涼，好似別離就在眼前，一種離愁滋味纏繞在兩人之間。沉靜半晌，陶嵐有力地叫：

「你也聽信流言嗎？你也中了卑鄙的計謀嗎？你豈不是以理智來解決感情嗎？」

他還是軟弱地說：

「沒有意志，我此刻就會昏過去！」

陶嵐立刻接著說：

「讓我去澈查一下，這究竟是誰造的謠。這字是誰寫的，我拿這紙去，給哥哥看一下。」

一邊她將桌上的紙團又展開了。他在旁說：

「不要給你哥哥看，他也是一個有同情心的人。」

「我定要澈查一下！」

她簡直用皇后的口氣來說這句話的。蕭澗秋問她：

「就是查出又怎樣？假如他肯和我決鬥，不寫這種東西了，殺了我，豈不是乾脆得多嗎？」

十

於是陶嵐忿忿地將這張紙條撕作粉碎。一邊流出淚，抓住他兩手說：

「不要說這話！不要記住那班卑鄙的人！蕭先生，我要你好，要他們來看看我們好。他們要怎樣呢？叫他們碰在石壁上去死。蕭先生，勇敢些，你要拿出一點勇氣來。」

他勉強地微笑地說：

「好的，我們談談別的吧。」

空氣緊張地沉靜一會兒，他又說：

「我原想在這裡多住幾年，但無論住幾年，我總該有最後的離開之日。就是三年，三年也只有一千零幾日，最後的期限終究要到來的。嵐，小妹妹只好仰仗妳保護她了。」

「我不願聽這話。」她稍稍發怒，「我沒有力量。我該在你的視線中保護她。」

「不過，她母親若能捨得她離開，我願永遠帶她在身邊。」

正是這個時候，有人敲門。蕭澗秋去迎她進來，是小妹妹採蓮。她臉色跑到變青，含著淚，氣急地叫：

「蕭伯伯！」

同時又向陶嵐叫了一聲。

兩人驚奇地，隨即問：

「小妹妹，妳做什麼呢？」

採蓮走到他面前，說不清地說：

「媽媽病了，她亂講話呢！弟弟在她身邊哭，她也不理弟弟。」

女孩流下淚。蕭澗秋向陶嵐搖搖頭。同時他拉她到他懷內，又對陶說：

「妳想怎麼樣呢？」

陶嵐答：

「我們就去望一望吧。我還沒有到過她們家。」

「妳也想去嗎？」

「我可以去嗎？」

兩人又苦笑，陶嵐繼續說：

「請等一等，讓我叫阿榮向學校借溫度計來，可以給她母親量一量體溫。」

一邊兩人牽著女孩各一隻手，同時走出房外。

十一

當他們走入婦人的家門，就見婦人睡在床上，抱著小孩高聲地叫：

「不要進來！不要進來！讓我一個人跳下去好了！」

蕭澗秋向陶嵐愁眉說：

「她還在講亂話，妳聽。」

陶嵐低頭點一點，將手托在他臂上。婦人繼續叫：

「你們向後看看，唉！追著虎，追著虎！」

婦人幾乎哭起來。蕭澗秋立刻走到床邊，推醒她說：

「是我，是我，妳該醒一醒！」

小孩正在被內吸著乳。蕭從頭看到她的胸，胸膛起伏。他垂下兩眼，愁苦地看住床前。採蓮走到她母親身邊，不住地叫著媽媽，半哭半喊地。寡婦慢慢地轉過臉，漸漸地

十一

清醒。一下，她看見蕭，立刻拉一拉破被，蓋住小孩和她自己的胸膛，一面問：

「你在這裡嗎？」

「還有陶嵐先生也在這裡。」

陶嵐向她點一點，就問：

「此刻心裡覺得怎樣呢？」

婦人無力地慢慢地答：

「沒有什麼，只是口渴一些。」

「要茶嗎？」

婦人沒有答，眼上泛上淚。陶嵐就在房內亂找茶壺，採蓮捧來遞給她，裡面一口水也沒有。她就和採蓮去燒茶。婦人向蕭慨嘆地說：

「多謝你們，我沒有病。方才突然發起熱來，人昏昏不知。孩子大驚小怪，她叫你們來的嗎？」

「是我們自己要來看看的。」

婦人滴下淚在小孩的髮上，用手拭去了，沒有話。小孩正在吸奶。蕭澗秋緩緩地說：

「妳在發熱的時候，最好不要將奶給小孩吃。」

「叫我用什麼給他吃呢？我沒有什麼病。」

蕭澗秋愁悶地站著。

這樣到了天暗，婦人已經能夠起床。他們兩人才回來。

當天晚上，陶嵐又差人送來一封信。照信角上寫的No.看起來，這已是她給他的第十五封信了，蕭澗秋坐在燈下，將她的信展在桌上：

我親愛的哥哥。我活了二十幾年，簡直似黑池裡的魚一樣。除了自己以外，不知道人間還有苦痛。現在，卻從你手裡，認識了真的世界和人生。

不知怎樣，我竟會和你同樣地愛憐採蓮妹妹一家了。那位婦人，真是一位溫良、和順，有禮貌的婦人。雖然和我個性有些相反，我卻願意讓她做我姐姐，以她的人生經驗，來調節我粗疏與無智識的感情是最好的。但是，天呀！祢為什麼要奪

十一

去她的夫？造物生人，真是使人來受苦的嗎？即使她能忍得起苦，我卻不能不詛咒天！

我坐在她們房內，你有看我嗎？我幾乎也流出眼淚來了。我看看她房間四壁，看看她的孩子和她所穿的衣服，又看看她青白而憔悴的臉，再想想她在病床上的一種淒涼苦況，天呀！為什麼給她布置得如此悽慘呢？我幻想，假如你的兩翅轉了方向，不飛到我們村裡來，有誰憐惜她們？有誰安慰她們？那她在這種囈語呻吟的病中時，我們只想見兩個小孩在床前整天地哭，還有什麼別的呢？哥哥，偉大的人，我已願她做我姐姐了。此後我們當互相幫助。

至於那個謠言，侃哥先向我談起。在吃晚飯的時候，他照舊喝過一口酒感慨地說：「外邊的空氣，已甚於北風凜凜。」哥哥也鄙夷他們，望你萬勿（萬勿！！！）介意。以後哥哥又喝了一口酒道：「此乃小人之心，度君子之德也。」不過哥哥始終說，造這八句詩的人，絕不是校內同事。我向他辯駁，不是孔方老爺，就是一萬同志。他竟對我賭起咒來，弄得母親都笑了。

蕭先生，你此刻怎樣？以你的見識，此刻一定不為他們無端所惱？你千萬不可有他念，你的真誠與坦白，終有籠罩全芙蓉鎮之一日！祝你快樂地嚼著學校清淡的飯。

弱弟嵐上

蕭澗秋一時呆著，似乎他所有思路，一條條都被她的感情裁斷了。他遲疑了許久，才恍惚地從抽屜拿出一張紙，用鋼筆寫道：

我不知怎樣，只覺自己在漩渦裡轉。我從來沒有經歷過這個現象，現在，竟轉的我幾乎昏去。唉！我莫非在做夢嗎？

你當也記得——採蓮的母親在囈語時所說的話。莫非我背後真有老虎嗎？那我非被這虎咬死不成？因為我感到，無論如何，不能讓那位可憐的寡婦「一個人跳下去」！

我已將一切解剖過。幾乎費了我今晚吃晚飯的時候。我是勇敢的，我也是鬥爭的，我當預備好手槍，待真的虎來時，我就照準往它額一槍！嵐弟，妳不認為我殘暴嗎？打狼不能用打狗的方法的，你看，這位婦人為什麼病了？從她囈語裡可以知

十一

道她病的根由。

我不煩惱，祝妳快樂！

妳勇敢的秋白

他寫好這信，睡在床上，自想他非常堅毅。

第二天一早，女孩來校。她帶著書包首先就跑到蕭澗秋身邊來，告訴他說：

「蕭伯伯，媽媽說，她的病已好了，謝謝你和陶姐姐。」

這時室內有好幾位教師坐著，方謀也在座。他們個個屏息地用他們好奇的眼睛，臉上帶著惡意的笑，注視著他和她。蕭澗秋似乎有意要多說幾句話，向女孩問道：

「妳媽媽起來了嗎？」

「起來了。」

「吃過粥嗎？」

「吃過。」

「陶姐昨晚交給她的藥也吃完嗎？」

女孩似聽不清楚，答：

「不知道。」

於是他和往日一樣在採蓮頰上吻一吻，女孩就跑去。

十一

十二

第二天晚上，蕭澗秋在房內走來走去，覺得非常不安。雖然當夜的天氣並不熱，可是房內異常鬱悶。桌上放著一張白信紙，似乎要寫信的樣子，可是他走來走去，卻不寫。過了一會兒，想去開房門，放冷氣進來，清涼一下他的腦子。可是當他將門拉開的時候，錢正興一身華服，笑容可掬地走進來，正似他迎接他進來一樣。錢正興隨口問，聲音溫美的，

「蕭先生要出去嗎？」

「不。」

「有事嗎？」

「沒有。」

十二

錢正興又向桌上看一看，又問：

「要寫信嗎？」

「想要寫，寫不出。」

「寫給誰呢？」

他說這幾句話的時候，眼向房內亂轉，似要找出那位和他通信的人來。蕭澗秋卻立刻答：

「寫給陶嵐。」

這位漂亮的青年，一時默然。坐在牆邊，眼看著地，似一位怕羞的姑娘。蕭轉問他：

「錢先生有什麼消息帶來告訴我呢？」

錢正興抬頭，笑著：

「消息？」

「是呀，鄉村的輿論。」

「有什麼鄉村的輿論呢?我們鎮內豈不是個個對蕭先生都敬重的嗎?雖然蕭先生到我們這裡來不到兩月,而蕭先生大名,卻已經連一班牧童都知道了。」

蕭澗秋附和著笑了一笑。心狐疑地猜想著——對面這位情敵,不知對他究竟是善意,還是惡意?一邊他說:

「那我在你們這裡真是幸福。」

「假如蕭先生認為幸福,我希望蕭先生永遠住下去。」

「永遠住下去?可以嗎?」

「跟我們一道做芙蓉鎮的人。」

很快地停頓,接著說:

「所以我想問一問,蕭先生有心要組織一個家庭在芙蓉鎮裡嗎?」

蕭澗秋心一跳,問:

「組織一個家庭?你這麼說嗎?」

「我也是聽來的,望你勿責。」

十二

他還是擺著溫柔的姿勢。蕭又哈的冷笑一聲說：

「這於我是好事。可是外界說我和誰組織呢？」

「你當然有預備了。」

「沒有，沒有。」

「沒有？」他也笑，「藏著一位很可愛的婦人呢！實在是一位難得的賢良婦人。」

蕭冷冷地假笑問：

「誰呀？我自己根本還沒有選擇。」

「選擇？」很快地停頓，「外界都說你愛上採蓮母親。她當然是可愛的，在西村，誰都稱讚她賢慧。」

「胡說！我另有愛。」

蕭澗秋感到幾分憤怒，可是他用恕容帶笑地表現出來。錢又嬌態地問：

「誰呢？可以告訴我嗎？」

「陶嵐，慕侃的妹妹。」

「你愛她嗎？」

「我愛她。」

蕭自然有力地說出。錢一時默然。半晌，蕭又笑問：

「聞你也愛她？」

「是，也愛她，比愛自己的生命還甚。」

語氣淒涼地，蕭接著笑問：

「她愛你嗎？」

一個慢慢地答：

「愛過我。」

「現在還愛你嗎？」

「不知道她的心。」

「那讓我代她告訴你吧，錢先生，她現在愛我。」

「愛你？」

十二

「是。所以還好，假如她同時愛兩人，那我和你非決鬥不可。你也願意決鬥嗎？」

「決鬥？可以不必。這是西方的野蠻風。蕭先生，為友義不能讓一個女人嗎？」

蕭一時愁著，沒有答。過了一會兒說：

「她不愛你，我可以強迫她愛你嗎？」

錢正興卻幾乎哭出來一般說：

「她是愛我的，蕭先生，在你未來以前，她是愛我的，已經要跟我訂婚了。可是你一來，她卻愛你了。在你到的那天晚上，她就愛你了。可是我，我是失戀的人，能作何感受呢？蕭先生，你想，我比死還難受。我十分愛陶嵐，忘不了她，夜夜底夢裡有她。現在，她愛你——我早知道她愛你了，不過我料你不愛她，因為你愛採蓮的母親。現在，你也愛她，那叫我非自殺不可了！」

他沒有說完，蕭澗秋不耐煩地插嘴說：

「錢先生，你為什麼對我說這些話呢？你愛陶嵐，你向陶嵐去求婚，對我說有什麼用呢？」

錢正興哀求似的接著說：

「不，我請求你！我一生的苦痛與幸福，繫在你這一點上。你若肯，我連死後都感激，破產也可以。」

「錢先生，你可拿這話勇敢地向陶嵐去說。我對你有什麼幫助呢？」

「有的，蕭先生，只要你不和她通信就可以。慕侃已不要她來校教書，假如你不給她信，那她就會愛我了。一定會愛我的，我以過去的經驗知道。那我一生的幸福，全受蕭先生所賜。蕭先生的胸懷是救世的，那先救救我吧！救救我的自殺，蕭先生會這樣做嗎？」

「錢先生，情形不同了。她也不會再愛你了。」

「一樣的，一樣的，蕭先生，只求你不和她通信……」

他仍沒有說完，卻突然停止住。蕭澗秋非常憤激地，默默地注視著對面這位青年。他想不到這人是如此陰謀、軟弱。他全身幾乎沸騰起來，這一種的請求，實在如決了堤的河水流來一樣。過了一會兒，又聽錢說道：

十二

「而且，蕭先生，我當極力報答你，你如果決定和採蓮的母親組織家庭。」

蕭澗秋立刻站起來，憤憤地說：

「不要說了，錢先生，我一切照辦，請你出去吧。」

一邊他自己開了門，先走出去。他憤恨地跑到學校內，倚身在一株冬青樹旁邊。空間冰冷的，他似要溶化自身在這冰冷的空間內。他極力想制止他自己的思緒，擺脫方才那位公子所給他的毫無理由的煩惱，他冷笑了一聲。

他站了半小時，竟覺全身灰冷，於是慢慢轉過身子，回到他的房內。錢正興，無用的孩子已經走了。他蹙著眉又沉思了一會兒，就精疲力盡地向床上撲倒，一邊喊：「愛呀，愛呀，擺脫了吧！」

十三

光陰是這樣無謂地過去。三天以後，採蓮又沒有來校讀書。上午十點鐘，陶嵐到校裡來，問起她，蕭澗秋答：

「恐怕她母親又病了。」

陶嵐遲疑地說：

「為什麼？她母親也是一個多思多慮的人。在這樣的境遇，外界又沒有人同情她，還用帶荊棘的言語往她身上打，不病也要病了！我們，」她眼向蕭轉一轉，說錯似的，「我，就可以不管人家，所以還好，不生病——我的病是慢性的——像她……這個社會……你想孩子怎樣好？」

她語句說不完全，似乎說的完全就沒有意義了。蕭接著說：

「我們下午再去看一看吧。」

十三

這時，話還未了，採蓮含著淚珠跑來。他們驚奇，蕭立刻問：

「採蓮，妳怎麼？」

女孩沒有答，書包仍在她腋下。蕭又問：

「妳媽媽的病好了嗎？」

「媽媽好了。」

女孩非常難受地說出。她站著沒有動。陶嵐向她問，蹲下身子，

「小妹妹，妳為什麼到此刻才來呢？妳不願來讀書嗎？」

女孩手掩在眼上答：

「媽媽叫我不要告訴蕭伯伯，還叫我來讀書。弟弟又病了，昨夜身子熱，過了一夜，媽媽昨夜一夜不曾睡。她說弟弟的病很厲害，叫我不要被蕭伯伯知道。還叫我來讀書。」

女孩要哭的樣子。蕭澗秋呆站著。陶嵐將女孩抱在身邊，用頭偎著她頭。向蕭問：

「怎麼辦？」

他愁眉，仍呆立著沒有說。

「怎麼辦？」

「我不知道。」

「都是社會多嘴，你又是一個熱心的人。」

他忽然笑一笑，說：

「時光快些過去吧，上課的鈴，我聽它打過了。」

同時他就往教務處走去。

在吃晚飯以前，蕭澗秋仍和往常散步一樣，微笑地，溫良地，向採蓮家裡走去。他感到在無形之中，他和她們都隔閡起來了。

當他走到家門外時，只聽裡面有哭聲，是採蓮母親的哭聲。他立刻驚惶起來，推門進去，只見孩子睡在床上，婦人坐在床邊，採蓮不在。他立刻氣急地問：

「孩子怎麼了？」

十三

婦人抬頭向他看了一看，垂下頭，止住哭。他又問：

「什麼病呢？」

「從前天起，一刻刻地厲害。」

他走到孩子身邊，孩子微微地閉著眼。他放手在小孩臉上一摸，臉是熱的。看他的鼻孔一收一放地閃動著。他站著幾分鐘，有時又聽他咳嗽，將痰嚥下喉去。他心想，「莫非是肺炎嗎？」同時他問她：

「吃過藥嗎？」

「吃過一點，是我自己想給他吃的，沒有看過醫生。此刻看來不像樣，又叫採蓮去請一位診費便宜些的伯伯去了。」

「會吃奶嗎？」

「好像也不想吃。」

他又呆立一回，問：

「採蓮去了多久？」

「半小時的樣子。大概孩子又走錯路了，離這裡是近的。」

「中國醫生嗎？」

「嗨。」

於是他又在房內走了兩圈，說：

「妳也不用擔憂，小孩總有他自己的命運。而且病是輕的，看幾天醫生，總可以好。不過此地沒有西醫嗎？」

「不知道。」

天漸漸黑下來，黃昏又現出原形來活動了。婦人慢慢地說：

「蕭先生，這孩子的病有些不利。關於他，我做過了幾個不祥的夢。昨夜又夢見一位紅臉和一位黑臉的神，要從我懷中奪去他！為什麼我會夢這個呢？莫非李家連這點種子都留不下去嗎？」她停一停，淚湧來阻著她的聲音。「先生，假如孩子真的沒有辦法，叫我……怎樣……活……的下……去呢？」

蕭澗秋心裡非常悲痛。可是他走近她身邊說：

十三

「妳真是一個不懂事的人。為什麼要說這話？夢是迷信呢！」

一邊又躊躇地向房內走了一圈，又說：

「妳現在只要用心看護這孩子，盼望他趕快好起來。一切胡思亂想，妳應當丟開它。」

他又向孩子看一回，孩子總是昏昏的——呼吸著，咳著。

「夢算什麼呢？夢是事實嗎？我昨夜也夢自己向一條深的河裡跳下去，昏沉地失了知覺，似乎只抱著一塊小木板，隨河水流去，大概將要流到海裡，於是我便——」他沒有說出死字，轉過說，「莫非今天我就真的要去跳河嗎？」

他想破除婦人對於病人最不利的迷信，就這樣輕緩地莊重地說出這句話。而婦人說：

「先生，你不知道——」

她的話沒有說完，採蓮氣喘喘地跑進來。隨後半分鐘，跟著走進一位幾乎要請別人來給他診的頭髮已雪白的老醫生。他先向蕭澗秋慢慢地細看一回，傴著背又慢慢地戴起一副闊邊的眼鏡，為小孩診病。他按了一回小孩左手，又按了一回小孩右手，翻開小孩的眼，又翻開小孩的嘴，將小孩弄得哭起來。於是他說：

「沒有什麼病，沒有什麼病，過兩三天就會好的。」

「沒有什麼病嗎？伯伯！」

婦人驚喜地問。老醫生不屑似地答：

「以我行醫六十年的經驗，像這樣的病是不需要醫的。現在姑且吃一服藥吧。」

他從袖口取出紙筆，看著燈下，寫了十數味草根和草葉。婦人遞給他四角錢，他稍稍客氣地放入袋裡。於是又向蕭澗秋——這時他摟著採蓮，愁思地——仔細看了看。僂著背走出門外，婦人送著。

婦人回來向他狐疑地問，臉上微微喜悅：

「蕭先生，醫生說他沒有什麼病呢？」

「所以我叫妳不要憂愁。」

一個無心地答。

十三

「看這樣子會沒有病嗎？」

「我代你們去買了藥來再說吧。」

可是婦人愚笨，過了一會兒又說：

「蕭先生，你還沒有吃過晚飯吧？」

「買好藥再回去吃。」

婦人痴痴地坐著，她自己是預備不吃晚飯了。蕭澗秋拿著藥方走出去。採蓮也痴痴地跟到門口。

十四

第二天，蕭澗秋又到採蓮的家裡去一趟。孩子的病依舊如故。他走來走去，都是空空地走，於孩子毫無幫助。婦人坐守著，對他也沒有半點微笑。

晚上，陶嵐又親自到校裡來，她拿了幾本書來還蕭，當遞給他的時候，她苦笑說：

「裡面還有話。」

同時她又向他借去幾本圖畫。幾乎沒有說另外的話，就回去了。

蕭澗秋獨自呆站在房內，他不想讀她的信，他覺得這種舉動是非常笨的，可笑的。可是最後還是從書內拿出一條長狹的紙，看著紙上秀麗的筆跡：

計算，已經五天得不到你的回信了。當然，病與病來擾亂了你的心，但你何苦要如此煩惱呢？我看你的態度和以前初到時不同，你逐漸地消極起來了。你更愁更愁地愁悶起來了。侃哥也說你這幾天瘦得厲害，蕭先生，你自己知道嗎？

十四

我，我的確和以前兩樣。謝謝你，也謝謝天。我是勇敢起來了。你不知道吧。侃哥前幾天不知怎樣，叫我不要到校裡來教書，強迫我辭職。而我對他一聲冷笑。他最後說：「妹妹，妳不辭職，那只好我辭職了！一隊男教師裡面夾著一位女教師，於外界的流言是不利的。」我就冷冷地對他說：「就是你辭了職，我也還有方法教下去，除非學校關門，不辦。」到第二天，我在教室內對學生說了幾句暗示的話，學生們當夜就向我哥哥說，他們萬不肯放「女陶先生」走，否則，他們就驅逐錢某。現在，侃哥已經悔悟了，再三討我寬恕。並對你十二分敬佩。他說，他對你的一切「不以為然」現在都冰釋了。此後錢某若再辭職，他一定准他。哥哥笑說：「為神聖的教育和神聖的友愛，不能不下決心！」現在，我豈不是戰勝了？最親愛的哥哥，沒有問題了，你安心一些吧！

請你給我一條敘述你平安的回信。

再，採蓮弟弟的病，我下午去看過他，恐怕這位小生命不能久留人世了，他的病，你也想得到嗎？是她母親傳染給他的，再加他從椅子上跌下來，所以更厲害了！不過為他母親著想，死了也好。哈，你不會說我良心黑色吧？不過有什麼辦法呢？以她的年齡來守幾十年的寡，我認為是苦痛的。但身邊帶著一個孩子可以嫁給誰去呢？所以我想，萬一孩子不幸死了，勸她轉嫁。聽說有一個年輕商人是想娶她的。

請你給我一條敘述你平安的回信。

你的嵐弟上

他坐在書案之前，苦惱地臉對著窗外。他決計不寫回信，待陶嵐明天來，他面對面告訴她一切。他翻開學生們的練習簿子，拿起一枝紅筆浸著紅墨水，他想校正它們。可是，他卻不自覺地於一忽之間，在空白的紙間畫上一朵桃花。他一看，自己苦笑了。就急忙將桃花塗掉，去找練習簿上的錯誤。

第三天早晨，蕭澗秋剛剛洗好臉，採蓮跑來。他立刻問：

「小妹妹，妳這麼早來做什麼？」

十四

女孩輕輕地答：

「媽媽說，弟弟恐怕要死了！」

「啊！」

「媽媽說，不知道蕭伯伯有什麼辦法？」

他隨即牽著女孩的手，問：

「此刻妳媽媽怎樣？」

「媽媽只有哭。」

「我和妳到妳家去。」

一邊，他就向另一位教師說了幾句話，牽著女孩，飛也似地走出校門。清早的冷風吹著他們，有時蕭澗秋咳嗽了一聲，女孩問：

「你咳嗽嗎？」

「是，好像傷風。」

「為什麼傷風呢？」

「你不知道，我昨夜到半夜以後，還一個人在操場上走來走去。」

「做什麼呢？」

女孩仰頭看他，腳步不停地前進。

「小妹妹，妳是不懂得的。」

女孩沒有話，小小的女孩，她似乎開始探究人生的祕密了。過了一會兒又問：

「你夜裡要做夢嗎？因為要做夢就不去睡嗎？」

蕭向她笑一笑，點一點頭，答：

「是的。」

可是女孩又問：

「夢誰呢？」

「並不夢誰。」

「不夢媽媽嗎？不夢我嗎？」

「是，夢到妳。」

十四

於是女孩接著訴說，似乎故事一般。她說她曾經夢到他：他在山裡，不知怎樣，後面來了一隻狼，狼立刻銜著他去了。她於是在後面追，在後面叫，在後面哭。結果，她醒了，是她母親喚醒她的。醒來以後，她就伏在她母親懷內，一動也不敢動。她末尾說：

「我向媽媽問，蕭伯伯此刻不在山裡嗎？在做什麼呢？媽媽說，在學校裡，他正睡著，跟我們一樣。於是我放心了。」

這樣，蕭澗秋看看她，似乎要從她臉上，看出無限的意義來。同時，兩人已經走到她家，所有的言語都結束了，用另一種靜默的表情向房內走進去。

這時婦人是坐著，因為她已想過她最後的命運。

蕭走到孩子身邊，孩子照樣閉著兩眼呼吸緊促的。他輕輕向他叫一聲：

「小弟弟。」

而孩子已無力張開眼來瞧他了！

他仔細將他的頭，手，腳，摸了一遍。全身是微微熱的，鼻子閃爍著。於是他又問了幾句關於夜間的病狀，就向婦人說：

「怎麼好？此處又沒有好的醫生。孩子的病大概是肺炎，可是我只懂得一點醫學的常識，我能怎樣呢？」

他幾乎想得極緊迫樣，沉吟半晌，又說：

「莫非任他這樣下去嗎？讓我施一回手術，看看有沒有效。」

婦人卻立刻跳起說：

「蕭先生，你會醫我兒子嗎？」

「我本不會的，可是坐守著，又有什麼辦法？」

他稍稍躊躕一會兒，又向婦人說：

「妳去燒一盆開水吧。拿一條手布給我。最好將房內弄得暖些。」

婦人卻呆站著不動。採蓮催促她：

「媽媽，蕭伯伯叫妳拿一條手布。」

十四

同時，這位可愛的姑娘，她就自己動手去拿了一條半新半舊的手布來，遞給他，向他問：

「給弟弟洗臉嗎？」

「不是，浸一些熱敷在妳弟弟胸上。」

這樣，婦人兩腿痠軟地去預備開水。

蕭澗秋用他的力氣，叫婦人將孩子抱起來。他將孩子的衣服解開，再拿出已浸在臉盆裡的沸水中的手巾，稍稍涼一涼，將過多的水絞去，等它的溫度可以接觸皮膚，他就將它敷在孩子的胸上。再將衣服給他裹好。孩子已經一天沒有哭聲，這時，似為他這種舉動所擾亂，卻不住地單聲地哭，還是沒有眼淚。母親的心裡微微地有些歡欣，祝頌著，她從不知道一條手巾和沸水可以醫病，這實在是一種天賜的祕法，她想，她兒子的病會好起來，一定無疑。一時房內清靜，她抱著孩子，將頭靠在孩子的髮上，斜看著身前坐在一把小椅子上也摟著採蓮的青年。她想，他是一位不知從天涯還是從地角來的天使，將她烏雲密布的天色，撥見日光，她恨不得能對他跪下去，叫他一聲「天呀！」

房內靜寂約半小時，似等著孩子的反應。他一邊說：

「還得過了一小時再換一次。」

這時婦人問：

「你不上課去嗎？」

「上午只有一課，已經請假了。」

婦人又沒有聲音。他感到寂寞了，他慢慢地向採蓮說：

「小妹妹，妳去拿一本書來，我問問妳。」

女孩向他一看，就跑去。婦人卻忽然滴下眼淚來說：

「在我這一生怕無法報答你了！」

蕭澗秋稍稍奇怪地問——他似乎沒有聽清楚。

「什麼？」

婦人仍舊低聲地流淚說：

「你對我們的情太大了！你救了我們母子三人的命，救了我們這一家！但我們怎麼報答你呢？」

十四

他強笑地難以為情地說：

「不要說這話了！只要我們能好好地團聚下去，就是各人的幸福。」

女孩已經拿書到他身邊，他們就互相問答起來。婦人私語：

「真是天差先生來的，天差先生來的。這樣，孩子的病會不好嗎？哈，天是長眼的。我還愁什麼？天即使要辜負我，天也不敢辜負先生，孩子的病一定明天就會好。」

蕭澗秋知道這位婦人因小孩的病纏繞過度，神經有些變態，他奇怪地向她望一望。婦人轉過臉，避開愁悶的樣子。他仍低頭和女孩說話。

十五

上午十時左右。

陽光如金花一般撒滿人間。春天的使者在各處舞躍：雲間，樹上，流動的河水中，還來到人類的心內。在採蓮家裡，病中的孩子稍稍安靜了，呼吸不似以前這麼緊張。婦人坐在床邊，強笑地靜默想著。半空吊起的心似放下一些了。蕭澗秋坐在一把小椅子上，女孩在房內亂跑。愁悶的房內，這時舒暢不少，安慰不少了。

忽然有人走進來。站在他們門口，氣急的模樣——這是陶嵐。他們隨即轉過頭，女孩立刻叫起來向她跑去，她也就慢慢地問：

「小弟弟怎麼樣？」

「謝謝天，好些了。」婦人答。

十五

陶嵐走進到孩子身邊，低下頭看了看孩子的臉。採蓮的母親又說：

「蕭先生用了新的方法使他睡去的。」

陶嵐就轉頭問他，有些譏笑地：

「你會醫病嗎？」

「不會。偶然知道這一種病，和這一種病的醫法，還是偶然的。此地又沒有好的醫生，看孩子氣急下去嗎？」

他難以為情地說。陶嵐又道：

「我希望你做一尊萬靈菩薩。」

蕭澗秋當時就站起來，兩手擦了一擦，向陶嵐說：

「妳來了，我要回去了。」

「為什麼呢？」一個問。

「她已經知道流程，我下午再來一趟就是。」

「不，請你稍等片刻，我們一起回去。」

青年婦人說：

「你不來也可以。有事，我會叫採蓮來叫你的。」

陶嵐向四周看一看，隨口說：

「那我們走吧。」

女孩依依地跟到門口，他們向她搖搖頭就走遠了。一邊陶嵐問他：

「你要到什麼地方去？」

「除了學校還有別的地方嗎！」

「慢些，我們向那水邊去走一趟吧，我還有話對你說。」

蕭澗秋當即同意了。

他慢慢地抬頭看她，可是一個已俯下頭，問：

「錢正興對你要求過什麼呢？」

「什麼？沒有。」

「請你不要騙我。我知道在你言語成分中是沒有一分謊的，何必對我如此？」

十五

「什麼呢，嵐弟？」

他似小孩一般。一個沒精打采地說：

「你用另一副心對付我，我很苦惱。錢正興是我最恨的，已經是我的仇敵。一邊毀壞你的名譽，一邊也毀壞我的名譽。種種謠言，他都同謀的。我說這話並不冤枉他，我有證據。他吃了飯沒事做，就隨便假造別人的祕密，你想可恨不可恨？」

蕭這時插著說：

「那隨他去，跟我們有什麼關係呢？」

一個冷淡地繼續說：

「跟我們有什麼關係？你恐怕忘記了。昨夜，他忽然又差人送給我一封信，我看了幾乎要死！天下有這樣一種不知羞恥的男子，我還是昨夜才發現！」她緩一緩，還是那麼冷淡地，「我們一家都否決他了，你為什麼還要對他說，叫他勇敢地向我求婚呢？為友誼？為什麼呢？」

她完全是責備的口氣。蕭卻態度嚴肅起來，眼光炯炯地問：

「嵐弟，妳說什麼話呢？」

一聲不響，從衣袋內取出一封信，遞給他。這時兩人已經走到一處清幽的河邊，新綠的樹葉陰翳，鋪在淺草地上。春色的荒野光芒，靜靜地籠罩著他倆。他們坐下。他就從信內抽出一張彩箋，讀下：

親愛的陶嵐妹妹：

現在，妳總可允諾我的請求了。因為妳所愛的那個男子，我和他商量，他自己願意將妳讓給我。他，當然另有深愛的；可以說，他從此不再愛妳了。妹妹，妳是我的妹妹！

妹妹。假如妳再還我一個「否」字，我就決計去做和尚——自殺！我失去了妳，我的生命就不會再存在了。一月來，我內心的苦楚，已在前函詳述之矣，想邀妹妹青眼垂鑑。

我在秋後決定赴美遊歷，願偕妹妹同往。那位男子如與那位寡婦結婚。我當以五千元作為酬答。

十五

下面就是「敬請閨安」及具名。

他看了，表面倒反笑了一笑。向她說——她是忿忿地看著一邊的草地。

「妳也會為這種請求所迷惑嗎？」

她沒有答。

「妳以前豈不是告訴我說，妳每收到一種無禮的信的時候，妳是冷笑一聲，將信隨隨便便地撕破了拋在紙簍內？現在，妳不能這樣做嗎？」

她含淚，悒悒然回頭說：

「他侮辱我的人格，但你怎麼和他討論關於我的事情呢？」

蕭澗秋這時心裡覺得非常難受，一陣陣地悲傷起來，他想——他亦何嘗不侮辱他的人格呢？他願意去和他說話嗎？而陶嵐卻一味責備他，好像他也是一個要殺她的劊子手，他不能不悲傷了——他挨近她，向她說：

「嵐弟，假使妳處在我的處境，妳也一定拿我所說的話應付他的。因為我已經完全明了妳的人格，感情，志趣。妳不相信我嗎？」

「我相信你的，深深地相信你的。不過你不該和他說話。他是因為造我們的謠，我們才不理他，才向你來軟攻的，你竟中了他的計謀嗎？」

「不是。我知道假如妳還有一分愛他之心，為他某一種魔力所引誘，妳不是一個意志堅強的人，那我無論如何也不會叫他向妳求婚的。何況，」他靜默一會兒，「嵐弟，不要說他吧！」

一邊他垂下頭去，兩手靠在地上，悲傷的，似乎心都要炸裂了。陶嵐慢慢地說：

「不過你為什麼不……」她沒有說完。

「什麼呢？」

蕭強笑地。她也強笑：

「你自己想一想吧。」

靜寂落在兩人之間。許久，蕭震顫地說：

「我們始終做一對兄弟吧，這比什麼都好。妳不相信嗎？妳不相信人間有真的愛嗎？哈，我自己還不知道要做怎樣的一個人，前途開拓在我身前的又是怎樣的一種顏

十五

色。環境可以改變我，極大的漩渦可以捲我進去。所以，我始終——我也始終願意妳做我一個弟弟。使我一生不致十分寂寞，錯誤也可有人來校正。妳認為不是嗎？」

嵐無心地答：「是的……」意思幾乎是——不是。

他繼續淒涼地說：

「戀愛呢，我實在不願意說它。結婚呢，我根本還沒有想過。嵐弟，我不立刻寫回信給妳，理由就在這裡了！」停一會兒，又說：「而且生命，生命，這是怎麼一回事呢？在一群朋友的歡聚中，我會感到一己的淒愴，這一種情感我是不該有家庭的了。」

陶嵐輕輕地答：

「你只可否認家庭，你不能否認愛情。除了愛情，人生還有什麼呢？」

「愛情，我是不會否認的。就現在，我豈不是愛著一位小妹妹，也愛著一位大弟弟嗎？不過我不願嘗出愛情的顏色的另一種滋味罷了。」

她這時更接近他，嬌羞地說：

「不過，蕭哥，人終究是人呢！人是有一切人的附屬性的。」

他垂下頭沒有聲音。隨後兩人笑了一笑。

一切溫柔都收入在陽光的散射中，兩人似都管轄著各人自己的沉思。沉吟半晌，陶嵐又說：

「我希望在你的記憶中永遠伴著我的影子。」

「我希望妳也一樣。」

「我們回去吧？」

蕭隨即附和答：

「好的。」

十五

十六

蕭澗秋回到校內，心非常不舒服。當然，他是受了仇人極大的侮辱。他臉色極青白，中飯吃得很少，引得阿榮問他，「蕭先生，你身體好嗎？」他答「好的。」於是就在房內呆呆地坐著。幾乎半小時，他一動不動，心與身同時為女子之愛力所僵化了。他不停地想起陶嵐，他的頭殼內充滿她的愛；她的愛有如無數個小孩子，穿著各種美麗的衣服，在他的頭殼內遊戲，跳舞。他隱隱地想去尋求他前途上所遺失的寶物。但有什麼呢？他於是看一看身邊，似乎這時有陶嵐的倩影站著，可是他身邊是空虛的。這樣又過十分鐘，卻有四五個年約十三四歲的少年學生走進來。他們開始就問：「蕭先生，聽說你身體不好嗎？」

「好的。」他答。

「那你為什麼上午請假呢？先生們都說你身體不好才請假的。我們到你窗外來看看，你又沒有睡在床上，我們覺得奇怪。」

十六

一個面貌清秀的學生說。蕭微笑地答：

「我也不知道他們什麼緣故要騙你們。我是因為採蓮妹妹的小弟弟病得厲害，我去看了一回。」

接著他就和採蓮家裡僱用的宣傳員一樣，說起她們的貧窮，苦楚，以及沒人幫助的情形，通通說了一遍。學生們個個低頭嘆息，其中一個說：

「他們為什麼要忌諱蕭先生去救濟呢？」

「我實在不知道。」蕭答。

另一個學生插嘴道：

「他們妒忌吧？現在，善心的人是有人妒忌的。」

一個在蕭旁邊的學生卻立刻說：

「不是，不是，錢正興先生豈不是對我們說過嗎？他說蕭先生要娶採蓮妹妹的母親？」

那位學生微笑。蕭愁眉問：

「他和你們談這種話嗎？」

「是的，他常常跟我們說戀愛的事情。他教書教得不好，可是戀愛談得很好，他每次總是上了半課以後，就和我們講戀愛。他也常常講到女陶先生，似乎不講到她，心裡就不舒服似的。」

蕭澗秋仍舊悲哀地沒有說。一個年齡小些的學生急急接上說：

「有什麼興味呢，講這種話？書本教不完怎樣辦？他以後若再在講臺上講戀愛，我和幾個朋友一定要起來驅逐他！」

蕭微笑地向他看一眼，那位小學生卻態度激昂地，紅著臉。

可是另一個學生卻又向蕭笑嘻嘻地問：

「蕭先生，你為什麼不和女陶先生結婚呢？」

蕭淡淡地罵：

「你們不要說這種話！這是你們所不懂得的。」

十六

而那個學生還說：

「女陶先生是我們一鎮的皇后，蕭先生假如和她結了婚，蕭先生就變做我們一鎮的皇帝了。」

蕭澗秋說：

「我不想做皇帝，我只願做一個永遠的真正的平民。」

而那個學生又說：

「但女陶先生是愛蕭先生的。」

這時陶慕侃卻不及提防地推進門來，學生的嘈雜聲音立刻靜止下去。陶慕侃儼然校長模樣地說：

「什麼女陶先生男陶先生。哪個叫你們這樣說的？」

學生們卻一個個微笑地溜出房外去了。

陶慕侃目送學生們離去了以後，他就坐在蕭澗秋桌子的對面，說：

「蕭，這究竟是怎麼一回事？昨天錢正興向我說，又說你決計要和那位寡婦結婚？」

蕭澗秋站了起來，似乎要走開的樣子，說：

「老友，不要說這種事情吧。我們何必要將空氣弄得酸苦呢？」

陶慕侃灰心，

「我被你和我妹妹弄昏了。」

「並不是我，老友，假如你願意，我此後決計專心為學校謀福利。我沒有別的想法。」

陶慕侃坐了一回，上課鈴也就打起了。

十六

十七

陽光的腳跟帶了時間移動，照舊過了兩天。

蕭潤秋和一隊學生在操場上遊戲。這是課外隨意的遊戲，一個球從這人手內傳給那人。他們的笑聲是春天三月的陽光一樣照耀，鮮明。到了吃午飯的時候，操場上的人也預備休歇下來了。陶嵐卻突然出現在操場出入口的門邊，一位小學生頑皮地叫：

「蕭先生，女陶先生叫你。」

蕭潤秋隨即將他手內的球拋給另一個學生，就汗喘喘地向她跑來。兩人沒有話，幾乎是陶嵐領著他，到他房內。他隨即問：

「妳已吃過午飯了嗎?」

「沒有，我剛從採蓮家裡回來。」

十七

她萎靡地說。一個正洗著臉，又問：

「小弟弟怎樣呢？」

「已經死了。」

「死了？」

他將手巾丟在臉盆內，驚駭。

「兩點以前，」陶嵐說：「我到她們家裡，已經是孩子喘著他最後一口氣的時候。孩子的喉嚨已漲塞住，眼睛不會看他母親了。他母親只有哭，採蓮也在旁邊哭，就在這哭聲中，送去了一個可愛的孩子的靈魂了！我抓著他的手，想方設法，可是辦法沒有想好，孩子的手就冷去了，變青了！天呀，我是緊緊地抓住他的手，好像這樣抓，他才不致去了；誰知他靈魂之手，誰有力量不使他蛻化呢？他死了！老天是沒有眼睛的，否則，見到婦人如此悲傷的情形，會不動搖祂的心嗎？婦人發狂一般地哭，她抱著孩子的死屍，伏在床上，哭到昏過去。之後兩位鄰居來，扶住她，勸著，她哪裡能停止呢？孩子是永遠睡去了！唉，小生命永遠安息了！他丟開了他母親與姐姐的愛，永遠平安了！他母親的號哭哪裡能喚得他回來呢？他又哪裡會知道他母親是如此悲傷呢？」

陶嵐淚珠瑩瑩地停了一會兒。這時學校搖著吃午飯的鈴，她喘一口氣說：

「你吃飯去吧。」

他站著一動不動地說：

「停一停，此刻不想吃。」

兩人聽鈴搖完，學生們的腳步聲音陸續地向膳廳走進，靜寂一忽，蕭說：

「現在她們怎樣呢？」

陶嵐一時不答，用手巾拭了一拭眼，更走近他一步，膽怯一般，慢慢說：

「婦人足足哭了半小時，於是我們將昏昏的她放在床上，我又牽著採蓮，一邊託他們一位鄰居，去買一口小棺；又託他們去叫埋葬的人來，採蓮的母親向我說，她已經哭得沒有力氣了，她說：

「不要葬了他吧，放他在我身邊吧！他不能活著在他家裡，死也要死在家裡！」

「我沒有聽她的話，勸她幾句。勸解是沒有力量的，我就任自己的意思做。幫孩子再穿上一套新衣服，其實並不怎樣新，不過有幾朵花，沒有破就是，我再找不出較好的

十七

衣服來。孩子是想穿新衣服的，之後我又給他戴上一頂帽子。孩子整齊地，工人和小棺都來了。婦人在床上叫喊，『在家裡多放幾天吧，在家裡多放幾天吧！』我們也沒有聽她，於是孩子就被兩位工人抬去了。採蓮，這位可愛的小妹妹，含淚問我，『弟弟到哪裡去呢？』我答，『到極樂國去了！』她又說，『我也要到極樂國去。』我說：『說不得的。』小妹妹又恍然苦笑地問：

『弟弟不再回來了嗎？』

我吻著她的臉說：

『會回來的，妳想著他的時候。夜裡妳睡著以後，他也會來和妳相見。』

她又問：

『夢裡弟弟會說話嗎？』

『會說的，只要妳和他說。』

於是她跑到她母親跟前，向她母親推著叫：

『媽媽，弟弟夢裡會來的。日裡不見他，夜裡會來的。陶姐姐說的，妳不要哭呀。』

可是她母親這時非常曠達地叫我走，她已經不悲傷了，悲傷也無益。我就到這裡來。」

兩人沉默一會兒，陶嵐又說：

「事實發生得太悲慘了！這位可憐的婦人，她也有幾餐沒有吃飯，失去了她的肉，消瘦得不成樣子。小孩雖跟在她旁邊，終究不能安慰她。」

蕭澗秋徐徐地說：

「我去走一趟，將小孩帶到校裡來。」

「此刻無用，小孩一時也不願離開她母親的。」

「家裡只有她們母女兩人嗎？」

「鄰居都走了，我坐也坐不住。」

一會兒，她又低頭說：

「實在淒涼，悲傷，叫那位婦人怎麼活得下去呢？」

蕭澗秋呆呆地不動說：

十七

「轉嫁，只好勸她轉嫁。」

一時又心緒繁亂地在房內走一圈，沉悶地繼續說：

「轉嫁，我想妳總要負這點責任，找一個動聽的理由告訴她。我呢，我不想到她們家裡去了。我再沒有幫助她的辦法；我幫助她的辦法，都失去了力量。我不想再到她們家裡去了。請妳去帶小孩到學校來。」

陶嵐輕輕地說：

「我想勸她先到我們家裡住幾天。這個死孩的印象，在她這個環境內更容易引起悲感來的。以後再慢慢代她想辦法。孩子剛剛死了就勸她轉嫁，我說不出口，她也聽不進去的。」

他看看她，似看他自己鏡內的影子，強笑說：

「那很好。」

兩人又無言，各人深思著。學生們吃好飯，腳步聲在他們的門外陸續地走來走去。房內許久沒有聲音。採蓮，這位不幸的女孩，卻含著淚背著書包，慢慢地推開門，出現在他倆前面。蕭潤秋駭異地問：

「採蓮，妳還來讀書嗎？」

「媽媽一定要我來。」

說著，就哽咽地哭起來。

他們兩人又互看，覺得事情非常奇怪。他愁著眉，又問：

「媽媽對妳說什麼話呢？」

女孩還是哭著說：

「媽媽叫我來讀書，媽媽叫我跟蕭伯伯好了！」

「妳媽媽此刻在做什麼呢？」

「睡覺。」

「哭嗎？」

「不哭，媽媽說她會看見弟弟的，她會去找弟弟回來。」

蕭潤秋心跳加快地向陶嵐問：

十七

「她好像有自殺的念頭?」

陶嵐也淚澄澄地答:

「一定會有的。如果我處在她這個境遇裡,我便要自殺了。不過她能丟掉採蓮嗎?」

「採蓮是女孩,在這以男為主的宗法社會裡,女孩不算得什麼。況且她以為我能收了這個孤女。」

同時他向採蓮一看,採蓮隨即拭淚說:

「蕭伯伯,我不要讀書,我要回家去。媽媽會不見的。」

蕭澗秋隨又向陶嵐說:

「我們和女孩一起回去吧。我也只好鼓舞自己再到她們家走一趟。看看那位命運被狼咀嚼的婦人,也問問她的心願。妳能邀她到妳家裡住幾天,是最好的了。我們和孩子一起走吧。」

「我不去,」陶嵐搖搖頭說:「我現在不去。你去,我過一小時再來。」

「為什麼呢？」

「不必我們兩人同時去。」

蕭明白了。又向她仔細看了一看，聽她說：

「你不吃點東西嗎？我肚子也餓了。」

「我不餓，」他急忙答：「採蓮，我們走。」

一邊就牽著女孩的手，跑出來。陶嵐跟在後面，看兩個影子向西村的路上消逝了。

她轉到她家裡。

十七

十八

婦人在房內整理舊東西，她將孩子所穿過的破小衣服丟在一旁，又將採蓮的衣服折疊在桌上，一件一件。她似要將孩子的一切，連蹤跡也沒有地擲到河裡去，再將採蓮的命運裹起來。如此，彷彿悲傷可以滅絕了，而幸福就展開五彩之翅在她眼前翱翔。她沒有哭，她眼內是乾燥的，連一絲隱閃的滋潤的淚光也沒有。她毫無精神地整理著，一時又沉入呆思，幻化成她一步步要逼近來的時日：

——男孩是死了！只剩一個女孩——

——女孩算得什麼呢？於是便空虛了——

——沒有一分產業，沒有一分積蓄——

——還得要人來幫忙，不成了——

——一個男子像他一樣，不成了——

十八

——我毀壞了他的名譽，以前是如此的——

——為忠貞於丈夫，也忍住他的苦痛——

——他可以有幸福的，他可以有——

——於是我的路……便完了——

女孩輕輕地先進門，站在她母親身前，她也沒發覺。女孩叫一聲。

「媽媽！」女孩含淚。

「妳沒有去嗎？我叫妳讀書去！」

婦人愁結著眉，十分無力地發怒。

「蕭伯伯帶我回來的。」

婦人仰頭一望，蕭澗秋站在門邊，婦人隨即低下頭去，沒有說話。

他遠遠地站著說了一句，似想了許久才想出來的：

「過去的事情都過去了。」

婦人好像沒有聽懂，也不說。

蕭一時非常急迫，他盯住這婦人，他只從她臉上看出憔悴悲傷，他沒有看出別的。
他繼續說：
「不必想，要想的是以後要怎麼樣。」
於是她抬頭緩緩答：
「先生，我正在想以後要怎麼樣呢！」
「是，妳應該……」
他一邊走近。她說，聲音輕到幾乎聽不見：
「應該這樣。」
一個又轉了極弱極和婉的聲音，向她發問：
「那妳打算怎樣呢？」
她的聲音還是和以前一樣輕：
「我的路……算完了！」
他更走近，兩手放在婦人兩肩上，說：

十八

「說重一點吧，妳怕想錯了。」

這時婦人止不住湧流出淚，半哭地說，提高聲音：

「先生！我總感謝你的恩惠！我活著一分鐘，就記得你一分鐘。但這一世我用什麼來報答你呢？我只有等待下世，變做一隻牛馬來報答你！」

「妳為什麼要說像這樣陳腐的話呢？」

「從心深處說出來的。以前我望著孩子長大了來報答你的恩，現在孩子死去了，我的方法也完了！」她一邊拭著淚，又忍住哭。

「還有採蓮在。」

「採蓮……」她看一看女孩，「你能收她去做你的丫頭嗎？」

蕭澗秋稍稍怒地說：

「妳們婦人真想不明白，愚蠢極了！一個未滿三週的小孩，死了，就死了，算得什麼？妳想，他父親二十七八歲了，尚且給一炮打死！像這樣小的小孩心痛他做什麼？」

「先生，叫我怎樣活得下去呢？」

他向房內走了一圈，忍不住地說：

「轉嫁！我勸妳轉嫁。」

婦人卻突然跳起來，似乎她從來沒有聽到過婦人是可以有這一個念頭的。她遲疑地似無聲地問：

「轉嫁？」

他吞吐地，一會兒坐下，一會兒又站起：

「我認為這樣辦好。一個人來吃幾十年的苦有什麼意思？還是選一位妳喜歡的人……」

他說不全話，反感到他自己說錯了話。在這樣貞潔的婦人面前，疑惑地轉過頭向壁上自己暗想，

「天呀，她會不會疑心我要娶她呢？」

婦人果然似觸電一般，心急跳著，氣促地，兩眼盯在他身上看，斷續地說：

「你，你，你是我的恩人，你的恩和天一樣大，我，我是報答不盡的。沒有你，我

十八

們三人早已死了，這個短命的冤家，也不會到今天才死。」

他卻要引開話題，又說：

「我們做人，可以活，總要忍著苦痛，設法活下去。」

婦人正經地說：

「死了也算完結呢！」

蕭澗秋搖搖頭說：

「妳完全亂想，妳一點不顧到妳的採蓮嗎？」

採蓮卻只有誰說話，就看著誰。在她母親與先生之間，呆呆的。婦人這時抱起她，一面說：

「你對我們太有心了，先生，我們願做你一世的傭人。」

「什麼？」

蕭吃驚地。她說：

「我願我的女孩，做你一世的傭人。」

「這是什麼意思?」

「你能收我們去做僕役嗎，恩人?」

她似乎要跪倒的樣子，流著淚。他實在看得非常動情，悲傷。他似乎操著這位不幸的婦人的生死之權在他手裡，他極力鎮定他自己，強笑說：

「以後再商量。我當極力幫助妳們，是我所能做到的事。」

一邊他心裡想，

「假如我要娶妻，我就娶這位婦人吧。」

同時他看這位婦人，不知她起了什麼念頭和反動，臉孔變得更青；又見她兩眼模糊，暈倒在地上了。

採蓮立刻在她母親身邊叫：「媽媽!媽媽!」她母親沒有答應，她便哭了。蕭澗秋急忙地跑到她前面，兩手抓她兩臂，又搖她的頭，問：「怎樣?怎樣?」婦人喉間發出些哼哼聲。他又用手摸一摸她的額頭，額冰冷，汗珠出來。於是他扶著她的頸，幾乎將她抱起來，扶她到了床上，讓她睡著。又問，夾著愁與急的：

十八

「怎樣？妳覺得怎樣？」

「好了，好了，沒有什麼了。」

婦人低微著喘氣，輕弱地答。用手擦著眼，好似睡去一回。女孩在床邊含淚地叫：

「媽媽！媽媽！」

婦人又說，無力的，

「採蓮呀，我沒有什麼，妳不用慌。」

她將女孩臉拉去，偎在她自己臉上，繼續喘氣地說：

「不用慌，媽媽沒有什麼。」

蕭澗秋站在床邊，簡直進退兩難，低著頭，想不出什麼方法。一時又聽婦人說，聲音顫抖如弦，

「採蓮呀，萬一媽媽又怎樣，妳就跟蕭伯伯去好了。蕭伯伯對妳的好，是和妳親生的伯伯一樣。」

於是青年憂愁地問：

「妳為什麼又要說這話呢？」

「我覺得我自己的身體這幾天來壞極！」

「妳過於悲傷了，妳過於疲倦了！」

「先生，孩子一病，我就沒有嚥下一口飯；孩子一死，我更嚥不下一口水了！」

「不對的，不對的，妳的思想太卑狹。」

婦人沒有說，沉沉地睡在床上。一時又睜開眼向他看一看。他問：

「現在覺得怎樣？」

「好了。」

「方才妳想到什麼嗎？」

她遲疑一息，答：

「沒有想什麼。」

「那妳完全是因為太悲傷而疲倦的緣故。」

婦人還是沒有說話，睜著眼看他。他呆站一會兒，又強笑用手按一按她的額，這時

十八

稍稍有些溫，可是還有冷汗。又按了一按她的脈搏，覺得她的脈搏緩弱到幾乎沒有。他只得說：

「妳應當吃點東西才好。」

「不想吃。」

「這是不對的，妳要餓死自己嗎？」

她也強笑一笑。青年繼續說：

「妳要信任我才好，若妳認為我對妳都是好意的話。人總有一死，這樣幼小的孩子，又算得什麼？而且每個母親總要死 個兒子，假如是做母親的人，因為死了一個孩子，就挨餓幾十天，那天下的母親一個也沒有剩了。人的全部生命就是和命運苦鬥，我們應當戰勝命運，到生命最後的一秒不能動彈為止。妳應當聽我的話才好。」

她似懂非懂地苦笑，輕輕說：

「先生請回去吧，你事忙。我想明白了，我照先生的話做。」

蕭澗秋還是抓著婦人枯枝似的手。房內沉寂地，門卻忽然又開了，出現一位女子。他隨將她的手放回，轉臉迎她。女孩也從她母親懷裡起來。

十九

陶嵐先生走近他身前問：

「你還沒有走嗎？」

他答：

「因她方才一時又暈去，所以我還在。」

她轉頭問她，一邊也按著她方才被蕭澗秋握過的手。

「怎樣呢，現在？」

婦人用力勉強答：

「好了，我請蕭先生回學校。蕭先生怕也還沒有吃過午飯。」

「不要緊，」他說：「我想喝茶。方才她暈去的時候，我找不到熱水。」

「讓我來燒吧。」陶嵐說：「還有採蓮也沒有吃午飯嗎？已經三點了。」

十九

「可憐這小孩子也跟在旁邊挨餓。」

陶嵐卻沒有說，就走到廚房。倒水在一只壺裡，折斷柴枝來燒它。她似乎想快點將水煮沸，就用很多的柴塞在灶內，可是柴枝還青，不容易著火，弄得滿屋子都是煙，她的雙眼也滾出淚來。婦人在床上向採蓮說：

「妳去燒一燒吧，怎麼讓陶先生燒呢？」

女孩跑到爐子的旁邊，水也就沸了。又找出幾乎是茶梗的茶葉來，泡了兩杯茶。端到她們面前。

這樣，房內換了一種情景，好像他們各人未來的人生問題，必須在這一小時內決定似的。女孩依偎在陶嵐身邊，看著她母親，好像她已不是她的母親了，母親已和弟弟同時死去了！而不幸的青年寡婦，彷彿上帝命她來嘗盡人間苦，這時苦笑，自然地，用她沉靜的目光向坐在她床邊的陶嵐看了一回，又看一回；再向站在窗邊垂頭看地板的蕭澗秋望了幾望。她似乎要將他倆全身與生命，解剖開來又連接回去。她看他倆的衣緣上，鈕扣邊，通通閃爍著光輝，洋溢著幸福。女孩在他們中間，也會有地位，有希望地成長起來，於是她強笑了。嚴肅的悲慘的空氣，過了約一刻鐘。陶嵐說：

「我想請妳到我家去住幾天。妳現在看什麼都是傷心的，損壞了妳的身體，又有什麼用呢？況且小妹妹跟在妳身邊也太苦，跟妳流淚，跟妳挨餓，弄壞小妹妹的身子也不忍。還是到我家裡去住幾天。」

她婉轉低聲地說到這裡，婦人接著說：

「謝謝妳，我真不知怎樣報答你們的善意。現在我已經不想過去了，我只想怎樣才可算是真正地報答你們的恩情。」

稍停一會兒，對採蓮說：

「採蓮，妳跟蕭伯伯去吧！跟陶先生去吧！家裡這幾天沒有人燒飯給妳吃。我自己是一點東西都不想吃了。」

採蓮仰頭向陶嵐瞧一瞧，同時陶嵐也向她微笑，更摟緊她，沒有其他的表示。過了一會兒，陶嵐又嚴肅地問：

「妳要餓死妳自己嗎？」

「我一時是死不了的。」

十九

「那到我家裡去住幾天吧。」

婦人想了一想說：

「走也走不動，兩腿醋一般痠。」

「叫人來抬妳去。」

陶嵐又皇后一般的口氣。婦人答：

「不要，謝謝妳，兒子剛死了，就逃到人家家裡去，也說不過去。過幾天再商量吧。我身子也疲倦。讓我睡幾天。」

他們沒有說話。又過了一會兒，她繼續說：

「請你們回去吧！」

蕭澗秋向窗外望了一望天色，向採蓮說：

「小妹妹，妳跟我去吧。」

女孩走到他身邊。他向她們說：

「我們先走了。」

「等一等。」陶嵐接著說。

於是女孩問：

「媽媽也去嗎？」

婦人卻心裡哽咽，說不出「我不去」三個字，只搖一搖頭。嵐催促地說：

「妳一起去吧。」

「不，你們去，讓我獨自睡一天。」

「媽媽不去嗎？」

「妳跟陶先生去，明天再來看媽媽。」

他們沒有辦法，低著頭走出房外。他們一時沒有說話。離了西村，陶嵐說：

「留著那位婦人，我不放心。」

「有什麼辦法？」

「你認為任她獨自不要緊嗎？」

「我想不出救她的法子。」

十九

他的語氣淒涼而整密，一個急促地：

「明天一早我再去叫她。」

這樣，女孩跟陶嵐到陶家裡。陶嵐先拿了餅乾給她吃。蕭澗秋獨自回到校內。

他愈想那位婦人，愈覺得危險逼近她。他自己非常地不安，好像一切禍患都從他身上出發一樣。

他不吃東西，肚子也不餓。關著房門足足在房內坐了一小時。黃昏到了，阿榮來為他點上油燈。他就在燈下很快地寫這幾行信：

親愛的嵐！我不知怎樣，好像生平所有煩惱都集中在此時一刻！我簡直似一個殺人犯——我殺了人，不久還將被人去殺！

那位可憐的婦人，在三天之內，我當用正當的根本的方法救濟她。我為了這事，左思右想：嵐，假如最後我仍沒有第二個好方法——我決計娶了那位寡婦！妳大概也聽得歡喜，因為對於她，妳和我都有同樣的思想。

過了明天，我想親身去對她說明。嵐弟，事實恐非這樣不可了！但事實對於我們也處置得適宜，妳不要誤會了。

寫不出別的話，願幸福與光榮降落於我們三人之間。

祝君善自珍愛！

蕭澗秋上

他急忙將信封好，就差阿榮送去。自己仍兀自坐在房內，苦笑起來。

不到半小時，一位小學生就送回信來了。那位小學生跑得氣喘地向蕭澗秋說：

「蕭先生，蕭先生，陶先生請你最好到她家裡去一趟。採蓮妹妹不時要哭，哭著說要回家。」

「好的。」蕭向他點點頭。

學生去了。回信是這麼寫的：

蕭先生！你的決定簡直是一個霹靂，打得我發抖。你非如此做不可嗎？你就如此做吧！

可憐的嵐。

十九

蕭潤秋將信讀了好幾遍，簡直已經讀出陶嵐寫這信時的一種幽怨狀態，但他還是兩眼不轉移地，注視著她的秀勁潦草的筆跡上，要推敲到她心之極遠處一樣。

將近七點，他披上一件大衣，沒精打采地走向陶嵐家裡。

採蓮吃好晚飯就睡著了，小女孩倦怠得不堪。他們兩人一見面簡直沒有話，各人都用苦笑來表示心裡的煩悶。幾乎過去半小時，陶嵐問：

「我知道你，你非這樣做不可嗎？」

「我想不出比這更好的方法來。」

「你愛她嗎？」

蕭潤秋慢慢地：

「愛她的。」

陶嵐冷酷地譏笑地說：

「你一定要回答我。假如我要自殺，你又怎樣？」

「妳為什麼要說這話？」

他走上前一步。

「請妳回答我。」

她還是那麼冷淡。他情急地說：

「莫非上帝叫我們幾人都非死不可嗎？」

沈寂一會兒，陶嵐冷笑一聲說：

「我知道你不相信自殺。就是我，我也偏要一個人活下去；孤獨地活到八十歲，還要活下去！等待自然的死神降臨，祂給我安葬，祂給我痛哭——一個孤獨活了幾十年的老婆婆，到此才會完結！」一邊她眼內含淚，「在我四周知道我心的人，只有一個你；現在你又不是我哥哥了，我從此更孤獨。孤獨也好，我也適合孤獨，以後天涯海角我要任意去遊行。若一個女子不好遊行，那我便剃了頭髮，扮尼姑。我是不相信菩薩的，可是必要的時候，我會扮作尼姑。」

蕭澗秋簡直恍恍惚惚地，垂頭說：

「妳為什麼要說這話呢？」

十九

「我想說，就說了。」

「為什麼要有這種思想呢？」

「我覺到自己孤單。」

「不是的，在妳的前方，炫耀著五彩的理想。至於我，我肩膀上沒有美麗的羽翼。嵐，妳不要想錯了。」

嵐喪氣地看他，說：

「蕭哥，你是對的，你回去吧。」

同時她又抓住他的手，好似又不肯放他走。一會兒，放下了，又背轉過臉說：

「你回去，你愛她吧。」

他簡直沒有話，昏昏地向房外退出去。他站在她大門外，大地漆黑的。他一時不知道要投向哪裡去，似無路可走的樣子。仰頭看一看天上的大熊星，好像大熊星在發怒道：

「人類是節外生枝，枝外又生節的——永遠弄不清楚。」

二十

他回到校裡，看見一隊教師聚集在會客室內談話。他們很起勁地說，又跟著高聲笑，好像他們都是些無牽掛的自由人。他為要解除他自己的煩憂，就向他們走近。可是他們仍舊談笑自若，而他總說不出一句話，好像他們是一桶水，他自己是一滴油，溶不進去。不一會兒，陶慕侃跟著進來。他來找蕭澗秋的，可是他卻非常不滿意地向大眾說起話來：

「事情非常希奇，可是我終在悶葫蘆裡，莫名其妙。蕭先生是講獨身主義的，聽說現在要結婚了。我妹妹是講戀愛的，今夜卻突然要獨身主義了！蕭，到底是怎麼一回事？」

大家立時靜止下來，頭齊轉向蕭，他微笑地答：

「我自己也不知道到底是怎麼一回事。」

二十

方謀立刻就向慕侃問：

「那蕭先生要和誰結婚呢！」

慕侃答：

「你問蕭自己吧。」

於是方謀立刻又問蕭，蕭說：

「請你去問將來吧。」

教師們一笑，譁然說：

「回答得真巧妙，使人墜在五里霧中。」

慕侃接著說，慨嘆地：

「所以，我做大哥的人，也給他們弄得莫名其妙了。我現在回到家裡，妹妹正在哭。我問母親什麼事，母親說——你妹妹從此不嫁人了。我又問，母親說，因為蕭先生要結婚。這豈不奇怪嗎？蕭先生要結婚而妹妹偏不嫁，這究竟為什麼呢？」

蕭澗秋就接著說：

「不用奇怪，未來自然會告訴你的。至於現在，我自己也不清楚。」

說著，他站了起來似乎要走。各人一時默然。慕侃慢慢地又道：

「老友，我看你近來的態度太急促，像這樣辦事要失敗的。這是我妹妹的脾氣，你為什麼學她呢？」

蕭澗秋在室內走來走去，一邊強笑答：

「我是知道要失敗才去做的。不是希望失敗，是大概要失敗。你相信嗎？」

「全不懂，全不懂。」

慕侃搖了搖頭。

正是這個時候，各人的疑團都聚集在各人心內，推究著芙蓉鎮裡的奇聞。有一位陌生的老婦卻從外面進來，阿榮帶著她來找蕭先生。蕭澗秋立刻跑向前去，她就是前次在船上敘述採蓮父親故事的那人。蕭奇怪地向她問道：

「什麼事？」

二十

那位老婦只是顫抖，簡直嚇得說不出話。一時，她將室內的人們看了遍。她叫道：

「先生，採蓮在那裡呢？她媽媽吊死了！」

「什麼？」

蕭大驚。老婦氣喘地說：

「我，我方才想到她兩天來沒有吃東西，於是燒了一碗粥送過去。我因為收拾好家裡的事才送去，所以遲一點。誰知推不進她家門，我叫採蓮，裡面也沒有人答應。我慌了，俯在板縫上向裡一瞧，唉！天呀，她竟高高地吊著！我當時跌落粥碗，粥撒滿一地，我立刻跑到門外喊救命，來了四五個男人，敲破進門，將她放下來，唉！氣已斷了！心頭冰冷，臉孔發青，舌吐出來，模樣極可怕，不能救了！現在，先生，請你去商量一下，她沒有一個親戚，怎樣預備她的後事。」老婦人又向四週一看，問：

「採蓮在那裡呢？也叫她去哭她母親幾聲。」

老婦人慌慌張張地，又悲又怕。教師們也個個聽得發呆。蕭澗秋說：

「不要叫孩子，我去吧。」

他好似還可救活她一般地急走。陶慕侃與方謀等三四位教師們也跟去，似要去看看死人可怕的臉。

他們一路沒有說話，只有踢踢踏踏的腳步聲，向西村急快地移動。田野是靜寂地，黑暗地，貓頭鷹的尖利鳴聲從遠處傳來。在這時，各教師們心內誰都感覺出寡婦的悽慘與可憐來。

四五位男人繞住寡婦的屍體。他們走上前去。屍體睡在床上，蕭澗秋幾乎喊出「不幸的婦人呀！」一句話來。而他靜靜地站著，流出一兩滴淚。他看婦人的臉，緊結著眉，愁思萬種。他拿一張棉被將她從髮到腳蓋上了。鄰舍的男人們都退到門邊去，就商量起明天出葬的事情來。一邊，雇了兩位膽大些的女工，當晚守望她的屍首。

於是人們從種種的議論中退到靜寂的後面。

第二天一早，陶嵐跑進校裡來，蕭澗秋還睡在床上，她進去。

「究竟是怎麼一回事？」

陶嵐問，含起淚珠。

二十

「事情竟和悲劇一般地演出來……女孩呢？」

「她還不知道，叫著要到她媽媽那裡去，我想帶她去見一見她母親最後一面。」

「隨你辦吧，我起來。」

陶嵐立刻回去。

蕭澗秋告了一天假，處理婦人的喪事。他幾乎似一位丈夫模樣，除了他並不怎麼哭。

墳做在山邊，石灰塗好之後，他就回到校裡來。這時已下午五點，陶慕侃、陶嵐，她摟著採蓮皆在。他們一時沒有說，女孩哭著問：

「蕭伯伯，媽媽會醒回來嗎？」

「好孩子，不會醒回來了！」

女孩又哭，

「我要到媽媽那裡去！我要到媽媽那裡去！」

陶嵐向她說，一邊拍她的髮，親暱的，流淚的：

「會醒回來的，會醒回來的。過幾天就會醒回來。」

女孩又哽咽地靜下去。蕭澗秋低低地說：

「我帶她到她媽媽墓邊去坐一會兒吧。也使她記得一些她媽媽之死的印象，說明一些死的意義。」

「時候晚了，她也不會懂得什麼的。就是我哥哥也不懂得這位婦人自殺的意義。不要帶小妹妹去。」

陶嵐說了，她哥哥笑一笑沒有說。

學校廚房又搖鈴催學生去吃晚飯。陶嵐也就站起身來，想帶採蓮回到家裡去。她哥哥說：

「Mister 蕭，你這幾天也過得太苦悶了！你好像並不是到芙蓉鎮來教書，是到芙蓉鎮來討苦吃的。今晚到敝舍去喝一杯酒吧，消解消解你的苦悶。以後的日子，總是你快樂的日子。」

蕭澗秋沒有答可否。接著陶嵐說：

二十

「那去吧，到我家裡去吧。我也想回家去喝一點酒，我的胸腔也塞滿了塊壘。」

「我不想去。我幾乎將學生的練習簿子堆積滿書架，我想今夜把它們改正好。」

陶慕侃站起來，去牽了他朋友的袖子。

「不要太心急，學生們都相信你，不會轟走你的。」

他妹妹又說：

「蕭先生，我想和你比一比酒量。看今夜誰喝得多，誰胸中苦悶大。」

「我不願獲得所謂苦悶呢！」

一下子，他們就從房內走出來。

隨著傍晚朦朧的顏色，他們到了陶家。晚餐不久就布置起來。在蕭澗秋心裡，這一次缺少從前的自然和樂意，似乎這一次晚餐是可紀念的。

事實，他也喝下許多酒，當慕侃斟給他，他在微笑中並不推辭。陶嵐微笑地看著他喝下去。他們也說話，說的都是些無關緊要的學校的事。過了半小時，從門外走進三四位教師來，方謀也在內。他們不快樂地說話，一位說：

「我們沒有吃飽飯，想加入你們喝一杯酒。」

「好的，好的。」

校長急忙答。於是陶嵐因吃完便讓開坐位。他們就來擠滿一桌。方謀喝過一口酒以後，就好像喝醉似的說起來：

「芙蓉鎮又有半個月可以熱鬧了。採蓮母親的猝然自殺，竟使人人聽得駭然！唉！真可算是一件新聞，拿到報紙上面去登載的。母親殉兒子，母親殉兒子！」

陶慕侃說：

「真是一位好婦人，實在使她活不下去了！太悲慘，可憐！」

另一位教師說：

「她自殺已傳遍芙蓉鎮了。我們從街上來，沒有一家不是在談論這個問題。他們嘆息，有的流淚，誰都說她應當照烈婦論。也有人打聽著採蓮的下落。蕭先生，你在我們一鎮內，名望大極了，無論老人，婦女，都想見一見你，以後我們學校的參觀者，一定絡繹不絕了！」

二十

方謀說：

「蕭先生實在可以佩服，不過枉費心思。」

蕭澗秋突然向他問：

「為什麼呢？」

「你如此煞費苦心地去救濟她們，她們本來在下雪的那幾天就要凍死的。幸你毅然去救濟她們。現在結果，孩子死了，婦人死了，豈不是……」

方謀沒有說完，蕭澗秋就發怒地問：

「莫非我救濟她們，為的是將來想得到的事故嗎？」

一個急忙改口說：

「不是為事故，因為這樣不及意料地死去，是你當初所想不到的。」

蕭冷冷地帶酒意的說：

「死了就算了！我當初也並沒有想過孩子一定會長大，婦人一定守著孩子到老的。然後兒子成為中國出色有名的人物，母親因此也榮耀起來，對她兒子說『兒呀，你還沒有報過恩呢！』於是兒子就將我請去，將我供養起來。哈哈，我並沒有這樣想過。」

陶嵐在旁笑了一笑。方謀紅起臉，說：

「你不要誤會，我是完全對你敬佩的話。以前鎮內許多人也誤會你，因你常到婦人家裡去。現在，我知道他們都釋然了！」

「又為什麼呢？」蕭問。

方謀停止一會兒，終於忍不住，說出來：

「他們想，假如寡婦與你戀愛，那孩子死了，正是一個機緣，她又為什麼要自殺？可見你與死了的婦人是完全清白的。」

蕭澗秋的心胸，突然非常湧塞的樣子。他舉起一杯酒喝空了以後，徐徐說：

「群眾的心，群眾的口……」

他沒有說下去，眼轉瞧著陶嵐，陶嵐默然低下頭去。採蓮吃過飯依在她懷前。一時，女孩淒涼地說：

「我媽媽呢？」

二十

陶嵐輕輕對她說：

「聽，聽，聽先生們說笑話。假如妳要睡，告訴我，我帶妳睡去。」

女孩又說：

「我要回到家裡去睡。」

「家裡只有妳一個人了！」

「一個人也要去。」

陶嵐含淚，用頭低湊到女孩耳邊，「小妹妹，這裡的床多好呀，是花的；這裡的被兒多好呀，是紅的；陶姐姐愛妳，妳在這裡。」

女孩又默默的。

他們吃起飯來，方謀等告退回去，說學校要上夜課了。

二十一

當晚八點鐘，蕭澗秋微醉地坐在她們書房內，心思非常撩亂。女孩已經睡了，他還想著女孩——不知這個無父無母的窮孩子，如何給她一個安排。又想他自己——他也是從無父無母的艱難中長大起來，和女孩似乎同一種顏色的命運。他想永遠把她帶在身邊，算作自己女兒般，愛她。但芙蓉鎮裡含毒的聲音，他沒有力量聽下去；教書，也難遂心使他做下去了。他覺得他的前途茫然！而且各種變故都從這茫然之中跌下來，使他不及迴避，忍壓不住。可是他卻想從「這」茫然跳出去，踏到「那」還不可知的茫然裡。處處是夜的顏色；因為夜的顏色就幻出各種可怕的魔臉來。他終想鎮定他自己，從黑林的這邊跑到那邊，涉過沒漆急流過去的河水。他願意這樣去，再去探求那另一種顏色。這時他兩手支撐兩頰，兩頰燃燒的，心臟搏跳著。陶嵐走進來，無心地站在他身邊，煩惱地，靜默一會兒，強笑地問他。

「你又想著什麼呢？」

二十一

「明天告訴妳。」

她仰起頭望向窗外漆黑的天空，一邊說：

「我不一定要知道。」

一個也仰頭看著她的下巴，強笑說：

「那我們等待事實吧。」

「你又要怎樣？」

陶嵐很快地說，而且垂下頭，目光對視著。蕭說：

「還不一定要怎樣。」

「哈，」她又慢慢地轉過頭笑起來，「你怎麼也變成輾轉多思的。不要去想她吧，過去已經告一個段落了！雖然事實發生得太悲慘，可是悲劇非要如此結局不可。不關我們的事。以後是我們的日子，我們去找一些光明。」她又轉換了一種語氣說：「不要講這些無聊的話，我想請你彈鋼琴，我好久沒有聽你彈了。現在請你彈一回，如何？」

他笑咪咪地答：

「假如妳願意的話，我可以彈，恐怕彈的不能和以前一樣了。」

「我聽好了。」

於是蕭澗秋就走到鋼琴的旁邊。他開始想彈一首古典曲，來表示一下這場悲慘的故事。但故事與曲還是聯結不起來，況且他也不能記住一首全部的敘事歌。他在琴邊呆呆地，嵐問他，

「為什麼還不彈？又想什麼？」

他並不轉過頭說：

「請妳點一首給我彈吧。」

她想了一想，說：

「〈我心在高原〉好嗎？」

蕭沒有答，就翻開譜演奏他深情的歌，歌是Burns作的。

我心在高原，

離此若千里；

二十一

我心在高原，
追趕鹿與麋。
追趕鹿與麋，
中心長不移。

別了高原月，
別了朔北風，
故鄉何美勇，
祖國何強雄；
到處我漂流，
漫遊任我意，
高原之群峰，
永遠心相愛。

別了高峻山，
山上雪皓皓，
別了深湛澗，
澗下多芳草，
再別你森林，
森林低頭愁；
還別湍流溪，
溪聲自今古。

我心在高原，
離此若干里，
…………

他彈了三節就突然停止下來，陶嵐奇怪地問：

「為什麼不將四節彈完呢？」

二十一

「這首詩不好，不想彈了。」

「那再彈什麼呢？」

「沒有東西了。」

「你自己有創作嗎？」

「沒有。」

「Home，Sweet Home，我唱。」

「也不好。」

「那還有什麼呢？」

「想一想什麼傷葬曲。」

「我不喜歡。」

蕭澗秋從琴邊離開。陶嵐問：

「不彈了嗎？」

「還彈什麼呢？」

「好哥哥！」她小姑娘般撒嬌起來，她看他太憂鬱了，「請你再彈一個，快樂一些的，活潑一些的。」

一個卻純正地說：

「藝術不能拿來敷衍用的。我們還是談幾句話吧。」

「你又想說什麼呢？」

「告訴妳。」

「不必等到明天了嗎？」

陶嵐笑謔地。蕭澗秋微怒地局促地說：

「不說了似覺不舒服的。」

陶嵐快樂地將兩手抓住他兩手，叫起來：

「那請你快說吧。」

一個卻將兩手抽去放在背後，低低地說：

「我這裡住不下去了！」

二十一

「什麼呀?」

陶嵐大驚,在燈光之前,換白了她的臉色。蕭說,沒精打采的:

「我想向妳哥哥辭職,妳哥哥只得允許。因為這不是我自己心願的事,我的本心,是想在這裡多住幾年的。可是現在不能,使我不能。人人的目光看著我,壓得我喘不過氣。這兩天以來,我好像在黑夜的山岡上尋路一樣,一刻鐘,都難捱過去!現在,為了妳和我自己的緣故,我想離開這裡。」

房內沉寂一忽,他接著說:

「我想明後天就要收拾走了。總之,住不下去。」

陶嵐卻含淚地說:

「沒有理由,沒有理由。」

蕭強笑地說:「妳的沒有理由是沒有理由的。」

「我想,不會有人說那位寡婦是你謀害的。」

房內的空氣,突然緊張起來,陶嵐似盛怒地,淚不住地流,又拿帕拭了。他卻站著沒有動。她激昂地說：

「你完全想錯了，你要拿你自己來贖罪嗎？你以為人生是不必挽救快樂的嗎？」

「平靜一些吧，嵐弟！」

這時她拿起桌上一條玻璃，壓書用的，喀一聲折斷。同時氣急地說：

「錯誤的，你非取消成見不可！」

一個卻笑了一笑，陶嵐仰頭問：

「你要做一位頑固的人嗎？」

「我覺得沒有在這裡住下去的可能了。」

蕭澗秋非常氣弱。陶嵐幾乎發狂地說：

「有的，有的，理由就在我。」

同時她頭向桌上臥倒下去。他說：

「假如妳一定要我在這裡……我會先向妳辭職的。」

「能夠取消你的意見嗎？」

二十一

「那明天再商量，怎樣？事情要細細分析來看的，妳實在神經質，使我沒有申辯的餘地。」

「你才是神經質，你的思想是錯誤的！」

他聚起眉頭，走了兩步，非常不安地說：

「等明天再來告訴我們到底要怎樣做，現在我要回校去了。」

陶嵐和平起來說：

「再談一談。我還想給你一個意見。」

蕭澗秋走近她，幾乎臉對臉。

「妳瞧我的臉，妳摸我的額，我的心非常難受。」

陶嵐兩手放在他的兩頰上，深沉地問：

「又怎樣？」

「太疲乏的緣故吧。」

「睡在這裡好嗎？」

「讓我回去。」

「頭暈嗎？」

「不，請妳明天上午早些到校裡來。」

「好的。」

陶嵐點點頭，左右不住地顧盼，深思。

這時慕侃正從外面走進來，提著燈光，向蕭說：

「你臉還有紅紅的酒興呢。」

「哥哥，蕭先生說心裡有些不舒服。」

「這幾天太奔波了，你真是一個忠心的人。還是睡在這裡吧。」

「不，趕快走，可以到校裡。」

說著，就強笑地急走出門外。

二十一

二十二

門外迎著深夜寒風，他感覺一陣冷顫流過頭與身。他摸摸額頭，火熱的；再按他的脈搏，脈搏也跳得很快。他咬緊牙齒，心想，「莫非我病了？」他一步步走去，他是無力的，顫抖，好似膽怯的人們第一次上戰場去一樣。

他還是走得很快，夜晚空氣迎面而來，簌簌地從耳邊過去。有時他也站住，走到橋邊，他想要聽一聽河水緩流的聲音，他要在河邊，舒散地涼爽地坐一會兒。但他又非常沒有心思，他要快些回到校裡。他臉上是微笑的，心也微笑的，他並不憂愁什麼，也沒有計算什麼。似乎對於他這個環境，感到無以名狀，可以微笑。他也微微想到這二月來他有些變化，不自主地變化著。他簡直像一隻小輪子，裝在她們的大輪子裡面任她們轉動。

到了學校。他將學生的練習簿子看了一下。但他身體抖得更厲害，頭昏昏地，背上還有冷汗出來。他將門關好，沒有上鎖。一邊脫了衣服，睡下。這時心想：

二十二

「這是春寒，這是春寒，不會有病的吧？」

到半夜一點鐘，身體大熱。他醒來，知道已將病證實了。不過他也並不想什麼，只想喝一杯茶。於是他起來，從熱水壺裡倒出一杯開水喝下。他又睡，可是一時睡不著。他對於熱病並不怎樣討厭，討厭的是從病裡帶來的幾個小問題：「什麼時候脫離病呢？竟纏繞我在這鎮裡嗎？」「假如我病裡就走，還要帶上采蓮嗎？」他又不願意這樣多想，極力使思潮平靜下去。

第二天早晨，阿榮先來給他倒開水。幾分鐘後，陶嵐也來，她走進門，就問：「你身體怎樣呢？」

他醒睡在床上答：

「夜半似乎發過熱，現在卻完全好了。」

同時他問她這時是幾點。嵐答：

「正是八點。」

「那我起來罷，我有課。」

她兩眼望向窗外，窗外有兩三個學生在讀書，坐在樹下。蕭坐起，但立刻頭暈了，耳鳴，眼眩。他又跌倒，一邊說：

「嵐，我似乎不能起來。」

「覺得怎樣呢？」

「微微頭昏。」

「今天再請假一天吧。」

「我不想荒廢學生功課。」

「不要緊。連今天也不過請了兩天假就是。因為身體有病。」

他沒有話。她又問：

「你不想吃點東西嗎？」

「不想吃。」

這時有一位教師進來，問了幾句關於病的話，囑咐他修養一兩天，就走出去了。方謀又進來，又說了幾句無聊的話，囑他休息休息，又走出去，他們全似偵探一般，用心

二十二

是不能測度的。陶嵐坐在他的床邊，像對付小孩般的態度，半親暱半疏遠地說道：

「你太真情對付一切，所以你自己覺得很苦吧？不過真情之外，要隨便一點。現在你病了，我本不該問，但我總要安自己的心，求你告訴我究竟有沒有打消辭職的念頭？我個性急，你知道。」

「一切沒有問題，請妳放心。」

同時他將手伸出放在她手上。她說，似不以為然：

「你手掌還很熱！」

「不，現在已不，昨夜比較熱一點。」

「該請一個醫生來。」

他卻笑起來，說：

「我自己清楚的，明天完全可以走起。病並不是傳染，稍稍疲倦的關係。讓我今天關起門來睡一天就夠了。」

「下午我帶點藥來。」

「也好的。」

陶嵐又拿開水給他喝，又問他需要什麼，又講一些關於採蓮的話給他聽。時光一刻一刻地過去，她的時光似乎全為他化去了。

約十點鐘，他又發冷，全身收縮。一群學生走進房內來，他們問陶嵐：

「女陶先生，蕭先生怎樣呢？」

「有些冷。」

學生又個個擠到他床前。問他冷到怎樣程度。學生嘈雜地要他起來，以他們的見解，要他到操場上去運動，那就可以不冷，就可以熱了。蕭澗秋說：

「我沒有力氣。」

學生們說：

「看他冷下去嗎？我們扶著你去運動吧。」

孩子們的見解是天真的，發笑的，他們胡亂地纏滿一房，使得陶嵐沒有辦法驅散。但覺得熱鬧是有趣的。這樣一點鐘，待校長先生走進房內，他們才一哄而散。可是有一

二十二

兩個用功的學生，還拿書來問他疑難的地方，他為他們解釋了，無力地解釋了。陶慕侃說：

「你有病都不安，你看。」

蕭笑一笑答，

「我一定還從這不安中死去。」

陶嵐有意支開地說：

「哥哥，蕭先生一星期內不能教書，你最好設法請一個朋友來代課，使蕭先生休息一下。」

蕭聽著不做聲，慕侃說：

「是的，不過你的辦法靈一些，你能代我去請 Mister 王嗎？」

「你是校長，我算什麼呢？」

「校長妹妹，不是沒有理由的。」

「不高興。」

「為的還是蕭先生。」

「那讓蕭先生說吧，誰的責任。」

蕭笑著向慕侃說：

「你能去請一位朋友來代我一星期的課，最好。我的病是一下就會好的，不過即使明天好，我還想到女佛山去旅行一趟。女佛山是名勝的地方，我想趁到這裡來的機會去遊歷一次。」

慕侃說：

「到女佛山去是方便，那還得我們陪你去。我要你在這裡訂三年的關約，那我們每年暑假都可以去，何必要趁病裡？」

「我想去，人事不可測的。小小易於滿足的慾望，何必要推諉得遠？」

「那哥哥，」嵐說：「我們舉行一次踏青的旅行也好。女佛山我雖到過一次，終究還想去一次。趕快籌備，在最近。」

「我想一個人去。」蕭說。

二十二

兄妹同時奇怪地問：

「一個人旅行有什麼趣味呢？」

他慢慢地說：

「我喜歡一個人，因為兒童時喜歡團隊旅行的性情已經過去了。我現在只覺得一個人遊山玩水非常自由：你喜歡這塊岩石，你就可在這塊岩石上坐幾個小時；你如喜歡這樹下，或這水邊，你就睡在這樹下，水邊過夜也可以。總之，喜歡怎樣就怎樣。假使和一個人作伴，那他非說你古怪不可。所以我要獨自去，為的要自由。」

兩人沉思，沒有說話。他再說道：

「請你趕快去請一位代理教師來。」

慕侃答應著走出去。一時房內又深沉下來。

窗外有孩子遊戲的笑喊聲，有孩子的唱歌聲，快樂地和諧地一絲絲的音波送到他們兩人耳內，但這時兩人感覺到寥寂了。蕭睡不去，就向她說：

「妳回家去吧。」

「放學的時候去。」一會兒又問：「你一定要獨自去旅行嗎？」

「是的。」

她吞吐地說不出似的：

「無論如何，我想和你一道去。」

他卻傷感似地說：

「等著吧！等著吧！我們終究會有長長的未來的！」

說時，頭轉過床邊。她悲哀地說：

「我知道你不會……」又急轉語氣，「讓你睡，我走。我走了你會睡著的，睡吧。」

她就走出去，坐在會客室內看報紙。等待下課鐘發落，帶採蓮一起回家。她的心意竟如被寒冰冰過，非常冷淡。

下午，她教了第二堂課之後，又到他房內，問他怎樣。他答：

「好了，謝謝你。」

「吃過東西嗎？」

二十二

「還不想吃。」

「什麼也不想吃一點嗎？」

同時她又急忙地走出門外，叫阿榮去買了兩顆蘋果與半磅糖來，放在他床邊。她又拿了一把裁紙刀，將蘋果的皮薄薄削了，再將蘋果一方方切開。她做這種事是非常溫愛的。他吃著糖，又吃蘋果，四肢伸展在床上，身子似被陽光晒得要融化的樣子。一種溫慰與淒涼緊纏著他的心，他回想起十四五歲的那年，身患重熱病，他的堂姐照顧他的情形。他想了一會兒，就笑向她說：

「嵐弟，妳現在已是我十年前的堂姐了！妳以後就做我的堂姐吧，不要再做我的弟弟了，這樣可以多聚幾時。」

「什麼。你說什麼？」她奇怪。蕭沒有答，她又問：

「你想起了你的過去嗎？」

「想起照顧我的堂姐。」

「為什麼要想到過去呢？你是不想到過去呀？」

「每當未來進行不順利的時候就容易想起過去。」

「未來進行不順利？你這話是什麼意思呢？」

「沒有什麼意思的。」

「你已經沒有到女佛山旅行的想法了嗎？」

「有的。」

同時他伸出手，抓住她的臂，提高聲音說：

「假如我堂姐還在……不過現在妳已是我堂姐了！」

「無論你當我什麼，都任你喜歡，只要我接近著你。」

他將她的手放在口邊吻一吻，似為了苦痛才這樣做的。一邊又說：

「我為什麼會遇見妳？我從沒有像在妳身前這樣失了方寸的。」

「我，我也一樣。」

她垂頭嬌羞地說。他正經應著：

「可是，妳知道的，我的志趣，我的目的，我不願——」

二十二

「什麼呢？」

她呼吸緊張。他答：

「結婚。」

「不要說，不要說，」她急忙用手止住他，紅著兩頰，「我也不願聽到這兩個字，人一生是可以隨隨便便的。」

這樣，兩人許久沒有添上說話。

二十三

當晚，天氣下雨，陶嵐從雨中回家去了。兩三位教師坐在蕭澗秋房內。他們談論種種主義，簡直像辯論會一樣。他並不參與談話，到了十點。

第二天，陶嵐又帶採蓮於八點來校。她已變成一位老看護婦模樣。他坐在床上問她，

「妳為什麼來得這麼早？」

她天真地答：

「嗨，我不知怎樣，一見你就快樂，不見你就難受。」

他深思了一忽，微笑說：

「妳向妳母親的臉看好了。」

她又緩緩的答：

二十三

「不知怎樣，家庭對我也似一座冰山似的。」

於是他沒有說話。之後兩人寂寞地談些別的。

第三天，他們又這樣如蜜地過了一天。

第四天晚上，月色非常皎潔。蕭澗秋已從床上起來。他和慕侃兄妹緩步走到村外的河邊。樹，田，河水，一切在月光下映得異常優美。他慨嘆地說道：

「我三天沒有出門，世界就好像換了一副樣子了。月，還是年年常見的月，而我今夜看去卻和往昔不同。」

「這是你心境改變些的緣故。今夜或許感到快樂一點吧？」

慕侃有心說。他答：

「或許如此，也就是你的『或許』。因此，我想趁這個心境和天氣，明天就往女佛山去玩一回。」

「大概幾天回來呢？」慕侃問。

「你覺得需要幾天？」

「三天夠了。」

「那就三天。」

陶嵐說，她非常不願地：

「哥哥，蕭先生的身體還沒有完全健康，我想不要去吧。哪裡聽過病好了才一天，就出去旅行的呢？」

「我的病算作什麼？我休息了三天，不，還是享福了三天。我一點事也不做，又吃得好，你們又陪伴我。所以我此刻精神清朗，是從來沒有過的。我能夠將一切事情解剖得極詳細，能夠將一切事情整理得極清楚。因此，我今夜決定，明天到女佛山。嵐，妳放心好了。」

她淒涼地說：

「當然，我隨你高興。不過哥哥和你要好，我又會和你要好，所以處處有些代你當心，我感覺得你近幾天有些異樣。」

「那是病的異樣，或許我暴躁一些。現在還有什麼呢？」

二十三

她想了一想說：

「你不全信任我們。」

「信任的，我信任每位朋友，信任每個人類。」

蕭澗秋起勁地微笑說。她又慢慢地開口，

「我總覺得你和我意見相左！」

他也就轉了臉色，純正溫文地看著她，

「是的，因為我想我自己是世紀末的人。」

慕侃卻跳起來問：

「世紀末的人？蕭，這句話又是什麼意思呢？」

他答：「請你想一想吧。」

陶嵐不顧她哥哥，接著說：

「世紀末，還有二十世紀末。不過我想青年的要求，應當首先是愛。」

同時她高聲轉向她哥哥說：

「哥哥，你認為人生除了愛，還有什麼呢？」

慕侃又驚跳地答：

「愛，愛！我假使沒有愛，一天也活不下去。不過妹妹不是的，妹妹沒有愛仍可以活。妹妹不是說過嗎？什麼是愛！」

她垂頭看她身邊的影子道：

「嗨，不知怎樣，現在我卻相信愛是在人類裡面存在著的。恐怕真的人生就是真的愛的行動。我以前否認愛的時候，我的人生是假的。」

蕭澗秋沒有說。她哥哥戲謔地問：

「那妳現在愛誰呢？」

她斜過臉答：

「你不知道，你就不配來做我哥哥！」

慕侃笑說：

「不配做妳哥哥這一句話，也不僅今夜一次了。」同時轉過頭問蕭，「那蕭，你認為

二十三

我妹妹怎樣？」

「不要談這種問題吧！這種問題是愈談愈飄渺的。」

「那叫我左右為難。」

慕侃正經地坐著。蕭接著說：

「現在我想，人只求照他自己所信仰的勇敢去做就好。不必說了，這就是一切了。現在又是什麼時候？嵐，我們該回去了。」

慕侃仰頭向天叫：

「你們看，你們看，月有了如此一個大暈。」

他說：「變化當然是不一定的。」

陶嵐靠近他說：

「明天要起風了，你不該去旅行。」

他對她笑一笑，很慢很慢說出一句：

「好的。」

於是他們回來，兄妹往向家裡，他獨自來到學校。

他一路想，回到他的房內。他終於決定，明天應當走了。錢正興一見他就迴避的態度，他也忍耐不住。

他將他房內匆匆整理一遍。把日常的用品，放在一只小皮箱內。把二十封陶嵐給他的信也收集起來，包在一方帕兒內。他起初還想帶在身邊，可是他想了一忽，卻又從那只小皮箱內拿出來，夾在一本大的音樂史內，藏在大箱裡。他不想帶它去了。他衣服帶得很少，他想天氣從此可以熱起來了。幾乎除他身上穿著以外，只帶一二套小衫。他草草地將東西整理好以後，就翻開學生的練習簿子，一疊疊地放在桌上，比他的頭還高。他開始一本本地拿來改正，又將分數記在左角。有的還加上批語，如「望照這樣用功下去，前途希望當無限量。」或「太不用心」一類。

十二點時，阿榮走來說：「蕭先生，你身體不好，為什麼還不睡呢？」

「我想將學生的練習簿子改好。」

「明天改不好嗎？還有後天呢！」

二十三

阿榮說著就走了。他還坐著將它們一本本改好，改到最後一本。

已經是夜半兩點鐘了。鄉村的夜半比死還靜寂。

他望向窗外的月色，月色仍然秀麗。又環顧一圈房內，預備就寢。可是他茫然感覺到，他身邊錢很少，一時又不知到何處去借。他惆悵地站在床前。一時又轉念：

「我總不會餓死的！」

於是他睡入被內。

但他睡不著，一切的傷感湧到他心上。他想起個個人的影子，陶嵐更明顯。但在他的想像上沒有他父母的影子。眼內潤溼，這樣自問：

「父母呀，你認為你兒子這樣做對嗎？」

又自己回答道：

「對的，做吧！」

這一夜，他在床上輾轉到村中的雞鳴第三次，才睡去。

二十四

第二天七點，當蕭澗秋拿起小皮箱將離開學校的一刻，陶慕侃急忙跑到，氣喘地說：

「老兄，老兄，求你今天不要旅行！無論如何，今天不要去，再過幾天我陪你一道去玩。昨夜我們回家之後，我妹妹又照例哭起來。你知道，她對我表示非常不滿意，她說我對朋友沒有真心，我被她罵得無法可想。現在，老兄，求你不要去。」

蕭澗秋冷冷地說一句：

「箭在弦上。」

「母親的意思，」慕侃接著說：「也認為這不對。她也說，沒有聽過一個人病剛好了一天，就遠遠地跑去旅行的。」

二十四

蕭又微笑問：

「你們的意思是，我可能回不來嗎？」

慕侃更著急地：

「什麼話？老友！」

「現在已七點鐘，我不能再遲疑一刻了。到碼頭還有十里路，輪船八點鐘開，我知道。」

慕侃垂下頭，無法可想地說：

「再商量一下。」

「還商量什麼呢？商量到十二點鐘，我可以到女佛山了。」

旁邊一位年紀較老的教師說：

「陶先生，讓蕭先生旅行一次也好。他經過西村這次事件，不到外面去舒散幾天，老在這裡，心是苦悶的。」

蕭澗秋笑說：

「終究有幫助我的人。否則個個像你們兄妹這樣，我真被你們急死。那，再會吧！」

說著，他就提起小皮箱往校外去了。

「那讓我送你到碼頭吧。」慕侃在後面叫。

他回過頭來，

「你還是多教學生功課，這比跑二十里路好得多了。」

於是他就掉頭不顧地往前面去。

他一路走得非常快，他又看看田野村落的風景。早晨乳白色的空中，太陽照著頭等，還有一縷縷的微風吹來，但他卻感覺不出這些景色的滋味了。比他二月前初來時的心境，這時只剩下一種淒涼。農夫們荷鋤陸續到田野來工作，竟使他想此後還是做一個農夫去。

當他轉過一所村子的時候，他看見前面有一位年輕婦人，抱著一位孩子向他走來。他恍惚以為寡婦的母子復活了，他怔忡地站著向她們一看，她們也慢慢低下頭，細語從他身邊走過，模樣和採蓮的母親很相似，甚至臉上的愁思也相似。這時他呆著想：

二十四

「莫非這樣的婦人與孩子在這個國土內很多嗎？救救婦人與孩子！」

一邊，他又走得非常快。

他到船，正是船在起錨的一刻。他一腳跳進艙，船就離開港口了。他對著岸邊氣喘地叫：

「別了！愛人，朋友，小弟弟小妹妹們！」

他獨自走進一間房艙內。

這船並不是他來時的那艘小輪船，是較大的。要駛出海面，最少要四小時才到女佛山。船內乘客並不多，也有到女佛山去燒香的。

陶慕侃到第三天，就等待朋友回來。可是第三天的光陰一刻一刻過去，終不見有朋友回來的消息。他心裡非常急，晚間到家，採蓮又在陶嵐身邊哭望她蕭伯伯為什麼還不回來。女孩簡直不懂事地叫：

「蕭伯伯也死了嗎？從此不回來了嗎？」

陶嵐母親也奇怪。可是大家說：

「看明天吧，明天他一定回來的。」

到了第二天下午三時，仍不見有蕭澗秋的影子。然而，從郵差那收到一封掛號信，發信人署名是——

「女佛山後寺蕭澗秋緘。」

陶慕侃吃了一驚，趕快拆開。他還想或許這位朋友是病倒在那裡了，他是絕不會做和尚的。一邊就抽出一大疊信紙，兩眼似噴出火焰來地急忙讀下去。可是過去已無法挽回，使這位忠實的朋友感到非常失望、悲哀。

信的內容是這樣的——

慕侃老友：

我平安地到這裡有兩天了。可玩的地方大概都跑過。這裡實在是一塊好地方——另一個世界寄託另一種人生的。不過我，也不過算是「跑過」就是，並不怎樣使我依戀。

你是熟悉這裡的風景的。所以我對於海潮，岩石，都不說了。我只向你直陳我

二十四

這次不回芙蓉鎮的理由。

我從一腳踏到你們這地土，好像魔鬼引誘一樣，會立刻同情於那位自殺的青年寡婦的命運。究竟為什麼要同情她們呢？我自己是一些不了然的。但社會是喜歡熱鬧的，喜歡用某一種生毛的手來探摸人類內在的心。因此我們三人所受的苦痛，精神上的創傷，盡有盡多了。實在呢，我倒還會排遣的。我常以人們無理的毀謗與妒忌為榮；你的妹妹也不介意的，因你妹妹毫不把社會的語言當一回事。不料孩子突然死亡，婦人又自殺——我心將要怎樣呢，而且她為什麼死？老友，你知道嗎？她為愛我和你妹妹而出此下策的。

你妹妹是上帝差遣她到人間來的！她用一縷縷五彩而纖細的愛絲，將我纏得緊緊，實在說，我已跌入你妹妹的愛網中，成了俘虜！我是幸福的。我也曾經幻想過自己是一座五彩的樓閣，想像你妹妹是住在這樓閣之上的人。有幾回我在房內徘徊，我的耳朵會完全聽不到上課鈴響，學生們跑到窗外來喊我，我才自己恍然向自己說：

——醒了吧，拿出點理智來！

我又自己向自己答：

——是的，她不過是我一位弟弟。

自採蓮母親自殺以後，情形更逼切了！各方面竟如千軍萬馬圍困而來，實在說，我是有被這班箭手的亂箭所射死的可能。而且你妹妹對我的情意，叫我用什麼來接受呢？心呢，還是兩手？我不能拿理智來釋解與應用的時候，我只有逃走這辦法。

現在，我是沖出圍軍了。我仍是兩月前一個故我，孤零地徘徊在人間之中的人。清風掠著我的頭髮，落霞映著我的胸口，站在茫茫大海的孤島之上，我歌，我笑，我聲接觸著天風了。

採蓮的問題，恐怕是我牽累了你們。但我的妹妹，就是你和你妹妹的妹妹，我知道你們一定也會愛她的。待我生活有著落時，我當叫人來領她，我決願此生帶她在我身邊。

二十四

我的行李暫存貴處，幸虧我身邊沒有一件值錢的物，到將來領女孩時一同來取。假如你和你妹妹有什麼書籍之類要看，可自由取用。我此後不再研究音樂。

今天下午五時，此處有直駛上海的輪船，我想趁著到上海去。此後或南或北，尚未一定。人說光明是在南方，我亦願一瞻光明之地。又想哲理還在北方，願赴北方去墾種美麗之花。時勢可以支配我，像我如此孑然一身的青年。

此信本想寫給你妹妹的，奈思維再三，無話可言。望你婉辭代說幾句。不過她聰明，對於我這次的不告而別是會了解的。希望她努力自愛！

餘後再談。

弟蕭澗秋上

陶慕侃將這封信讀完，就對他們幾位同事說：

「蕭澗秋往上海去了，不回來了。」

「不回來了？」

個個奇怪，連學生和阿榮都奇怪，大家走近來。

慕侃悵悵地回家，他妹妹迎著問：

「蕭先生回來了嗎？」

「妳讀這信。」

他失望地將信交給陶嵐，陶嵐發抖地讀了一遍，默了一忽，眼含淚說：

「哥哥，請你到上海去找蕭先生回來。」

慕侃怔忡。她母親走出來問什麼事。陶嵐說：

「媽媽，蕭先生不回來了，他往上海去了。他帶什麼去的呢？一個錢也沒有，一件衣服也沒有。他是哥哥放走他的，請哥哥找他回來。」

「妹妹真冤枉人。妳這脾氣就是趕走蕭先生的原因。」

慕侃也發怒。陶嵐急氣說：

「那，哥哥，我去，我和採蓮妹妹到上海去。在這情形之下，我也住不下去的，除非我也死了。」

二十四

她母親也流淚，在旁勸說道：

「女兒呀，妳說這什麼話？」同時轉臉對慕侃說：「那你到上海去走一趟吧。那個孩子也孤身可憐，應該找他回來。我已經願將女兒給他了。」

慕侃慢慢地向他母親說：

「數百萬的人群內，哪裡去找像他這樣的一個人呢？」

「你去找一回吧。」他母親重覆說。

陶嵐接著說：

「哥哥，你這推委就是對朋友不忠心的證據。要找他會沒有方法嗎？」

老誠的慕侃由怒轉笑臉，注視他妹妹說：

「妹妹，最好你跟我到上海去。」

電子書購買

國家圖書館出版品預行編目資料

二月：舊時代與新思想的衝突，理想在現實前垂死掙扎 / 柔石 著 . -- 第一版 . -- 臺北市：崧燁文化事業有限公司 , 2023.08
面； 公分
POD 版
ISBN 978-626-357-485-4(平裝)
857.7 112009938

二月：舊時代與新思想的衝突，理想在現實前垂死掙扎

臉書

作　　者：柔石
發 行 人：黃振庭
出 版 者：崧燁文化事業有限公司
發 行 者：崧燁文化事業有限公司
E-mail：sonbookservice@gmail.com
粉 絲 頁：https://www.facebook.com/sonbookss/
網　　址：https://sonbook.net/
地　　址：台北市中正區重慶南路一段六十一號八樓 815 室
Rm. 815, 8F., No.61, Sec. 1, Chongqing S. Rd., Zhongzheng Dist., Taipei City 100, Taiwan
電　　話：(02)2370-3310　　傳　　真：(02) 2388-1990
印　　刷：京峯數位服務有限公司
律師顧問：廣華律師事務所 張珮琦律師

定　　價：320 元
發行日期：2023 年 08 月第一版
◎本書以 POD 印製
Design Assets from Freepik.com